Köstliche Aufläufe

Die besten Rezepte

Edition Trautwein

Abkürzungen im Rezeptteil

EL	Esslöffel	TL	Teelöffel
kg	Kilogramm	kcal	Kilokalorien
g	Gramm	kJ	Kilojoule
mg	Milligramm	EW	Eiweiß
l	Liter	F	Fett
ml	Milliliter	KH	Kohlenhydrate
cl	Zentiliter	Bd.	Bund
TK	Tiefkühl ...	Msp.	Messerspitze

Die Rezepte sind, soweit nicht anders angegeben, für vier Personen.
Die Nährwert- und Energieangaben sind jeweils für eine Person berechnet.

2004 Trautwein Küchen-Edition
Genehmigte Sonderausgabe

Chefredaktion: Evelyn Boos
Redaktion: Dipl. oec. troph. Brigitte Pfeiffer
Redaktionsassistenz: Natalie Quellmalz
Produktion: Wolfram Friedrich
Umschlaggestaltung und Layout: Axel Ganguin

ISBN 3-8174-5629-8
5356291

Inhalt

Einleitung

Rezepte

Mit Aufläufen und Gratins lässt sich eine Vielzahl an Gerichten zaubern – ob als Vor-, Haupt- oder Zwischengericht oder auch in einer süßen Variante.

Die unterschiedlichsten Zutaten kommen dabei zur Verwendung: Gemüse, Nudeln, Reis, Kartoffeln, Fleisch oder Fisch. Ganz nach Lust und Laune können sie miteinander kombiniert werden. Auch Reste lassen sich auf diese Art und Weise wunderbar verarbeiten.

Eine sehr delikate und edle Version des Auflaufs ist das Soufflee, das ebenfalls – pikant oder süß – eine wahre Gaumenfreude ist.

Das Gratin

»Gratinieren« kommt aus dem Französischen und bedeutet »überbacken«. Meist handelt es sich um vorgegarte Zutaten, die mit einer Sauce übergossen und/oder mit Käse bestreut bei guter Hitze in der Backröhre überbacken werden. Eine Ausnahme stellt das Kartoffelgratin mit seinen zahlreichen Abwandlungen dar. Hier werden die Kartoffeln roh verwendet, in sehr dünne Scheiben geschnitten und so lange im Rohr gebacken, bis sie gar sind. Zwei sehr bekannte Varianten sind das »Gratin Dauphinois«, mit Sahne, Butter und Käse zubereitet, und die leichtere Art, das »Gratin Savoyard«, angereichert mit Brühe und eventuell ein wenig Käse.

Die Zutaten

Zum Gratinieren eignen sich sehr viele Gemüsearten, Nudeln, Reis, Fisch und Fleisch. Alle Zutaten müssen vor dem Überbacken fertig gekocht oder zumindest angegart (blanchiert) werden.

Je nach Lebensmittel kann es gedünstet (eventuell im Schnellkochtopf) oder in der Pfanne angebraten werden. Werden die Zutaten sofort nach dem Garen für ein Gratin weiterverwendet, können sie gleich heiß zum Gratin hinzugegeben werden. Wird das Gratin nur vorbereitet und erst später überbacken, dann empfiehlt es sich, die gekochten Zutaten rasch abzukühlen und bis zur Weiterverarbeitung abgedeckt im Kühlschrank aufzubewahren. Dadurch bleiben die Vitamine besser erhalten und ein Verderben wird verhindert.

Die Kruste

Das Charakteristische an einem Gratin ist die Kruste, die sich beim Überbacken bildet. Sie sollte knusprig und würzig sein.
Für die Kruste gibt man eine gut abgeschmeckte, weiße Sauce über die Grundzutaten und/oder bestreut diese mit einem guten geriebenen Käse sowie ein paar kalten Butterflöckchen.

Die Sauce

Das Gratin wird in der Regel mit einer Béchamelsauce überzogen. Dafür wird Butter hell aufgeschäumt, je nach Geschmack ein wenig fein gehackte Zwiebel darin angedünstet, das Mehl dazugegeben und eingerührt, bis eine hellgelbe Konsistenz entsteht. Nach und nach rührt man anschließend die kalte Milch ein. Wichtig ist, dass die Milch in kleinen Mengen dazugegeben und ständig kräftig gerührt wird, damit sich keine Klumpen bilden können und die Sauce nicht zu stark am Topfboden ansetzt. Wenn die Sauce aufkocht, wird sie gewürzt und auf kleiner Flamme noch einige Zeit weitergekocht. Von dieser Béchamelsauce können weitere Saucen abgeleitet werden. Die Mornaysauce z. B. enthält zusätzlich Käse, Eigelb und Sahne, zur Walewskasauce wird stark reduzierter Fischfond, Eigelb und Sahne gegeben. Hier kann man seiner Kreativität freien Lauf lassen. Man muss nur darauf achten, dass die Sauce nicht zu dünn wird.

Der Käse

Zum Überbacken eines Gratins eignet sich grundsätzlich jeder Käse. Egal ob man Weich-, Schnitt-, Hart- oder Schmelzkäse nimmt, die Auswahl hängt in erster Linie vom eigenen Gusto ab. Mozzarella z.B. bildet eine schöne Kruste und hat da-

bei einen sehr milden Geschmack. Je größer die Menge und der Fettgehalt des Käses ist, desto üppi-

ger fällt das Gratin aus. Auch können verschiedene Käsearten gemischt werden wie z. B. Parmesan

mit Greyerzer oder Emmentaler, Roquefort mit Mascarpone usw. Noch gehaltvoller und geschmacksintensiver wird

entweder weiter unten eingeschoben oder die erste Zeit mit Alufolie bedeckt werden. So werden alle Zutaten gut erhitzt, ohne dass die oberste Schicht verbrennt.

Die Gratinierzeit beträgt 10 bis 25 Minuten, je nach Art des Backofens, Größe und Höhe der Form sowie Temperatur der Zutaten. Ob das Gericht fertig ist, verrät die Farbe und Konsistenz der Kruste.

Das süße Gratin

Süße Gratins werden meist aus frischen oder vorgegarten Früchten und einer Creme aus Eiern, Zucker, Sahne, Milch oder Quark hergestellt. Häufig wird auch mit einer Baisermasse überbacken. Diese Art des Gratins eignet sich nicht nur als Hauptspeise, sondern auch als Dessert.

Der Auflauf

Im Gegensatz zum Gratin werden die Zutaten beim Auflauf auch roh verwendet. Die Sauce, in welcher die rohen Zutaten gegart werden, kann auf unterschiedliche Weisen zubereitet werden. Da man viele Aufläufe problemlos

das Gratin, wenn der Käse mit Butterflöckchen vermischt bzw. belegt wird. Eine andere Variante ist die Mischung aus Quark und Käse, sie ist je nach Fettstufe des Quarks nicht ganz so energiereich, dafür aber schön saftig.

Die Form

Zum Gratinieren wird eine feuerfeste Form verwendet. Die klassische Gratinform ist aus Porzellan oder Steingut, sehr breit und niedrig, sodass die Hauptzutaten kaum geschichtet werden müssen und eine großflächige Kruste gebildet werden kann. Die Formen müssen auf jeden Fall gut gebuttert und mit Paniermehl, geriebenem Käse, Mandeln oder sonstigem bestreut werden, um ein Anbacken zu vermeiden.

Das Backen

Da Gratins nur noch zum Überbacken, also zur Bildung der schmackhaften Kruste, in den Backofen kommen, werden sie auf den Rost in der obersten oder zweitobersten Schiene gestellt. Die Temperatur sollte zwischen 250 und 300 Grad eingestellt werden.

Kommt das Gratin vor dem Backen direkt aus dem Kühlschrank und ist demzufolge sehr kalt, sollte es

vorbereiten kann, eignen sie sich für eine unkomplizierte Gästebewirtung.
Viele Länder haben ihre typischen Aufläufe. In Italien ist es die Lasagne, Griechenland hat das Moussaka, aus der Türkei kommt das Börek, Frankreich ist bekannt für seine süßen Aufläufe, die Clafoutis, und aus England stammen die Puddings, die in einer speziellen Form im Wasserbad gegart und nicht im Ofen gebacken werden.

Die Zutaten

Für einen Auflauf können im Prinzip alle Lebensmittel verwendet bzw. miteinander kombiniert werden. Zu beachten ist nur, dass alle Zutaten dieselbe Garzeit benötigen. Das erreicht man entweder durch entsprechende Stückgrößen der einzelnen Bestandteile oder durch Vorgaren aller bzw. einzelner Lebensmittel. So können zum Beispiel Möhren und Zucchini roh verwendet werden, wenn die Möhren kleiner geschnitten sind als die Zucchini oder wenn die Möhren vorher kurz blanchiert wurden. Wird Fisch mit Reis kombiniert, empfiehlt es sich, den Reis vorher fast fertig zu garen und mit dem rohen Fisch in den Ofen zu geben. Diese beiden Zutaten könnte man noch ergänzen durch rohes, kleingeschnittenes, eventuell sogar tiefgefrorenes Gemüse.

Nudeln, Reis, verschiedene Getreidesorten und Polenta aus Maisgrieß werden grundsätzlich vor ihrer Verwendung als Auflaufzutat gegart. Nudeln und Getreide sollten aber noch genügend Biss haben, da sie beim Backen in der Röhre nachgaren.

Die Sauce

Die Sauce richtet sich nach den Hauptzutaten des Auflaufs. Je nachdem, ob die Zutaten sehr wasserhaltig sind, eventuell noch Wasser aufnehmen müssen, roh oder schon gekocht sind, muss die Sauce etwas sämiger oder flüssiger sein. Generell eignet sich eine dünne Béchamelsauce und ihre unterschiedlichsten Abwandlungen, ein Gemisch aus Eiern, Brühe, Milch, Sahne und Käse oder eine Kombination mit nur einem Teil der Zutaten. Auch Mischungen mit festem Eischnee werden als Sauce verwendet. Ebenso gut können Gemüsesaucen wie eine Tomatensauce verarbeitet werden. In diesem Fall besteht die oberste Schicht meistens aus Käse und Butterflöckchen.

Je nachdem, ob die einzelnen Komponenten des Auflaufs bereits gewürzt sind bzw. jede einzelne Schicht extra gewürzt wurde oder ob die Würzung über die Sauce erfolgt, muss die Sauce mild oder kräftig abgeschmeckt werden.

Der Käse

Wie beim Gratin können die unterschiedlichsten Käsesorten verwendet werden. Teilweise wird der Käse auch zwischen die einzelnen Zutaten gestreut oder mit der Sauce vermischt. Je nach Salzgehalt und Menge des Käses kann beim Würzen der Sauce ein wenig Salz eingespart werden.

Die Form

Gefäße aus Glas, Porzellan und Steingut eignen sich für Aufläufe ebenso wie Metallformen. Wichtig ist, dass die Form feuerfest und groß genug ist, damit der Inhalt gegebenenfalls in der Sauce garen kann und nicht austrocknet. Auch die Formen für den Auflauf müssen mit Butter, Margarine oder Öl gut eingefettet werden. Wenn es zum Auflauf passt, kann auch nur Sahne auf den ungefetteten Formboden gegossen werden, sodass der ganze Boden gut bedeckt ist. Vor dem Backen wird der obere Rand der Form noch einmal abgewischt, damit Reste, die beim Einfüllen hängen geblieben sind, nicht verbrennen.

Das Backen

Im Gegensatz zum Gratin muss ein Auflauf für durchschnittlich 40 Minuten im Ofen bleiben. Gebacken wird bei guter Mittelhitze, also bei 200 bis 250 Grad, in der unteren Hälfte des Backofens. Um den Garvorgang zu beschleunigen, kann man die erste Zeit einen Deckel oder

Alufolie auf die Form geben. Zur Krustenbildung wird in der zweiten Hälfte oder dem letzten Drittel der Garzeit die Abdeckung entfernt.

Der Auflauf wird normalerweise heiß serviert. Manche Aufläufe schmecken aber auch lauwarm oder kalt sehr gut.

Der süße Auflauf

Ebenso wie der pikante kann der süße Auflauf als Hauptspeise angeboten werden – natürlich eignet er sich auch gut als Dessert.
Zutaten wie frische Früchte, Nüsse, eingekochtes Obst, Trockenobst etc. werden meist unter die Auflaufmasse gemischt. Das Zubereiten dieser Masse erinnert etwas an die Herstellung von Kuchenteig.

Süße Aufläufe werden in der Regel mit Eischnee gelockert. Da diese Masse beim Backen noch etwas aufgeht, ist es ratsam, die Form nur $^1/_2$ oder max. $^2/_3$ voll zu füllen. Auf diese Weise kann ein Überlaufen des Inhalts vermieden werden.

Das Soufflee

Die edlere und luftigere Version des Auflaufs ist das Soufflee. Zwar ist es in der Herstellung etwas diffizil, das Ergebnis aber eine Köstlichkeit. Wie bei Aufläufen und Gratins gibt es auch hier sowohl pikante als auch süße Varianten. Ein sehr bekanntes Soufflee ist das immer wieder abgewandelte Käsesoufflee.

Die Souffleemasse

Die Grundmasse für Soufflees, ob pikant oder süß, besteht aus einer dicken Béchamelsauce oder, etwas seltener, einer Brandteig-Zubereitung aus Milch. Hierbei wird das Eiweiß als Schnee untergehoben.

In die Grundmasse werden die Geschmackszutaten gut eingearbeitet. Das Ei-

weiß, das immer als letzte Zutat vorsichtig untergehoben wird, darf nicht zu fest sein, da es sonst flockig wird und sich nicht so gut mit der übrigen Masse verbindet. Häufig wird $^{1}/_{3}$ des Eischnees in die Masse eingerührt und der Rest vorsichtig untergehoben. Die Qualität der Eier spielt eine große Rolle für das Gelingen des Soufflees. Sie sollten mittelgroß (ca. 50 g) und so frisch wie möglich sein. Sind die Eier größer oder kleiner, sollte ein Ei mehr oder weniger verwendet oder die Menge der übrigen Zutaten entsprechend verändert werden.

Je luftiger das Soufflee werden soll, desto mehr Eischnee muss untergehoben werden. Dann ist das Soufflee allerdings auch empfindlicher gegen Luftzug und harte Stöße.

Die Form

Die klassische Souffleeform ist aus Porzellan. Sie hat gerade, relativ hohe Wände, die innen glatt und außen gerippt sind. Es gibt aber auch Formen aus Steingut oder Glas, die sich genauso gut eignen – die Backzeit kann sich dann allerdings etwas verlängern. Egal wie groß die Form ist, es wird nur der Boden gefettet und je nach Rezept mit Paniermehl, Mandeln oder Ähnlichem ausgestreut. So kann die Souffleemasse beim Aufgehen gut die Wände entlang rutschen. Damit die Masse beim Aufgehen nicht überläuft, dürfen die Formen nur bis zu $^{2}/_{3}$ bzw. $^{1}/_{2}$ gefüllt werden.

Das Backen

Die Backtemperatur liegt im Durchschnitt bei milden 180 Grad. Manche Soufflees werden mit aufsteigender Hitze von 160 auf 200 Grad im Wasserbad gegart, was aber im Rezept immer genau angegeben wird.
In der Regel wird das Soufflee auf die unterste Schiene des vorgeheizten Backofens gestellt. Die Kruste soll nämlich erst gegen Ende der Garzeit gebildet werden. Gibt man kurz davor noch etwas Puderzucker darüber, so karamellisiert dieser und gibt einen entsprechenden Geschmack.

Die Backzeit beträgt für kleine Förmchen im Schnitt 15 bis 20 Minuten, für große Formen muss man mit 30 bis 40 Minuten rechnen, je nach Art der Masse. Vor dieser Zeit darf die Tür des Backofens auf keinen Fall geöffnet werden, sonst würde das Soufflee sofort zusammenfallen. Hat die Kruste eine goldgelbe Farbe angenommen, ist das Ende der Backzeit erreicht.

Beim Servieren des Soufflees muss darauf geachtet werden, dass weder Zugluft noch zu hartes Aufsetzen auf den Tisch das locker luftige Gericht zusammenfallen lassen. Da es auch im Idealfall nicht viel länger als 5 Minuten in voller Pracht erhalten bleibt, muss es sofort nach dem Garen serviert werden.

TIPP

Wenn es einmal nicht so klappt, dann verlieren Sie nicht den Mut – es ist noch kein Meister vom Himmel gefallen. Machen Sie sich bei Ihrem nächsten Soufflee eigene Notizen zu verschiedenen Dingen wie verwendete Form, Feuchtigkeit der Masse, Länge der Backzeit usw. Je öfter Sie üben, desto leichter gelingt Ihnen das Soufflee.

Aufläufe und Gratins mit Fleisch

Gratinierte Beefsteakstreifen mit Gemüse (Abb. S. 11)

Zutaten
2 kleine Auberginen
4 große Tomaten
500 g Kartoffeln
500 g Beefsteak
1 Glas Kartoffeln mit Käsesauce (Fertigprodukt)
1/2 Bd. Basilikum

Zubereitung

1 Auberginen und Tomaten putzen, waschen und in Scheiben schneiden. Kartoffeln waschen, schälen und in 1–2 cm dicke Scheiben schneiden.

2 Fleisch abspülen, trockentupfen und fein schnetzeln.

3 Die Gemüse- und Kartoffelscheiben abwechselnd in eine Auflaufform setzen und das geschnetzelte Beefsteakfleisch dazwischen verteilen. Die Käse-Sauce darüber gießen und glatt streichen. Das Gratin im vorgeheizten Backofen bei 200 Grad ca. 40 Minuten goldbraun backen.

4 Basilikum abspülen, trockenschütteln und die Blättchen abzupfen. Gratin vor dem Servieren mit Basilikumblättchen bestreuen.

EW	F	KH	kcal/kJ
36 g	34 g	26 g	557/2320

Kartoffelauflauf mit Hack

Zutaten
750 g Kartoffeln
Salz
je 1/2 rote, grüne und gelbe Paprikaschote
1 Zwiebel
1 Brötchen vom Vortag
500 g Hackfleisch
1 Ei
3 EL gemischte Kräuter, gehackt
Pfeffer
Paprikapulver
Cayennepfeffer
Fett für die Form
100 g Sahne
100 g Käse, gerieben

Zubereitung

1 Kartoffeln ca. 10 Minuten in Salzwasser garen, schälen und in Scheiben schneiden.

2 Paprikaschoten putzen und waschen, Zwiebel abziehen und alles in feine Würfel schneiden.

3 Brötchen in kaltem Wasser einweichen, ausdrücken und mit Hackfleisch, Ei, Kräutern und 2/3 der Paprika- und Zwiebelwürfel mischen. Mit Salz, Pfeffer, Paprikapulver und Cayennepfeffer würzen.

4 Hackmasse in die Mitte einer gefetteten Auflaufform setzen und mit restlichen Paprika- und Zwiebelwürfeln bestreuen. Kartoffelscheiben schuppenförmig außen herum schichten. Sahne mit Salz, Pfeffer und Paprikapulver abschmecken und über die Kartoffelscheiben gießen. Mit Alufolie abdecken und im vorgeheizten Backofen bei 200 Grad ca. 40 Minuten backen.

5 Kartoffelscheiben mit geriebenem Käse bestreuen und offen weitere 15 Minuten backen.

EW	F	KH	kcal/kJ
40 g	33 g	40 g	615/2585

Zutaten
1 Möhre
1 kleine Stange Lauch
1 Stangensellerie
600 g Hackfleisch, gemischt
5 EL Pflanzencreme
Salz
Pfeffer, frisch gemahlen
3 EL Mehl
400 ml Milch
Muskat
700 g Kartoffeln, gekocht, in Scheiben geschnitten
2 Eigelb
50 g Emmentaler, gerieben

Hackfleisch-Gemüse-Auflauf

Zubereitung

1 Möhre schälen und in Scheiben schneiden. Lauch gründlich waschen und in Ringe schneiden. Sellerie waschen und in Scheiben schneiden.

2 Hackfleisch in 2 EL heißer Pflanzencreme krümelig anbraten. Gemüse kurz zusammen mit dem Hack braten, würzen. Eine Auflaufform dünn mit Pflanzencreme ausstreichen und das Hackfleisch einfüllen.

3 Für die Béchamelkartoffeln restliche Pflanzencreme erhitzen, Mehl zufügen und anschwitzen. Milch unter Rühren zugießen und einmal aufkochen lassen. Mit den Gewürzen abschmecken und Kartoffeln dazugeben. Eigelb untermischen und alles über das Hackfleisch geben.

4 Mit Käse bestreut im vorgeheizten Backofen bei 200 Grad Ober- und Unterhitze ca. 35 Minuten backen.

EW	F	KH	kcal/kJ
32 g	25 g	3 g	365/1534

TIPP

Lauch, auch Porree genannt, ist auf unseren Märkten das ganze Jahr erhältlich. Frühe Sorten haben eine kürzere Garzeit und sind feiner und zarter im Geschmack. Lauch ist reich an Eisen, den Vitaminen B1, B2 und Folsäure.

Zutaten
1 große Aubergine
Salz
Zitronensaft
2 Zwiebeln
1 Knoblauchzehe
6 EL Öl
375 g Hackfleisch
Rosmarin
Thymian
Paprikapulver
Salbei
Pfeffer
2 mittelgroße Fleischtomaten
500 g Kartoffeln, in der Schale gekocht
Fett für die Form
1/8 l Milch
4 EL helle Mehlschwitze (Fertigprodukt)
150 g Jogurt
125 g Crème fraîche
1–2 Eier
Muskatnuss

Raffinierter Hackfleischauflauf

Zubereitung

1 Aubergine waschen, längs in Scheiben schneiden, von beiden Seiten leicht salzen, mit Zitronensaft beträufeln und ca. 10 Minuten ziehen lassen. Ausgetretenen Saft mit Küchenpapier abtupfen.

2 Zwiebeln und Knoblauch schälen und fein hacken.

3 Öl in einer Pfanne erhitzen und darin nacheinander Auberginenscheiben anbraten. Herausnehmen und auf Küchenpapier abtropfen lassen.

4 Anschließend in der Pfanne Hackfleisch mit Zwiebeln und Knoblauch anbraten und mit Gewürzen abschmecken.

5 Fleischtomaten waschen und in Scheiben schneiden. Kartoffeln schälen und in Scheiben schneiden.

6 Eine Auflaufform fetten, Auberginen, Tomaten, Kartoffeln und Hackfleisch einschichten.

7 Milch in einem Topf aufkochen, mit Mehlschwitze andicken, etwas abkühlen lassen. Jogurt, Crème fraîche, Eier, Muskatnuss und Salz einrühren. Sauce über den Auflauf verteilen.

8 Auflauf im vorgeheizten Ofen bei 200 Grad ca. 45 Minuten backen.

EW	F	KH	kcal/kJ
33 g	69 g	42 g	1040/4368

Bunter Auflauf mit Schweinefilet

Zutaten
1 Dose geschälte Tomaten (800 g)
4 EL Olivenöl
1 Knoblauchzehe, geschält, fein gehackt
1 Bd. Basilikum
Salz
grober Pfeffer
Zucker
je 1 rote und grüne Paprikaschote
1 Aubergine
350 g Gemüsezwiebeln, geschält, in dünne Scheiben geschnitten
Muskatnuss, gerieben
600 g Schweinefilet-medaillons
2 EL Butter
300 g Schnittkäse, gerieben

Zubereitung

1 Tomaten abtropfen lassen, Saft auffangen und Tomaten grob würfeln.

2 1 EL Öl erhitzen, Knoblauch darin glasig dünsten, Tomatenwürfel zufügen, bei mittlerer Hitze etwas einkochen lassen.

3 Basilikum waschen, trockentupfen, Blätter von den Stielen zupfen, hacken, unter die Sauce mischen. Sauce mit Salz, Pfeffer und Zucker abschmecken.

4 Paprikaschoten und Aubergine putzen, die grünen Stielansätze entfernen, waschen und halbieren. Paprika in feine Streifen, Aubergine in dünne Scheiben schneiden.

5 Restliches Öl erhitzen, Zwiebelscheiben darin glasig dünsten. Paprika und Aubergine zufügen, dünsten, bis keine Flüssigkeit mehr vorhanden ist, und mit Salz, Pfeffer und Muskatnuss abschmecken.

6 Schweinemedaillons in heißer Butter anbraten, salzen und pfeffern.

7 Gemüse in eine feuerfeste Form geben, Medaillons darauf verteilen und mit Tomatensauce bestreichen. Käse über den Auflauf streuen und im vorgeheizten Backofen bei 200 Grad ca. 20 Minuten überbacken.

EW	F	KH	kcal/kJ
52 g	61 g	25 g	865/3622

Deftiger Bohnen-Hackfleisch-Auflauf

Zutaten
400 g grüne Bohnen (ersatzweise Brokkoli oder Blumenkohl)
Salz
1 Gemüsezwiebel
2 EL Öl
300 g Rinderhackfleisch
200 g Kidneybohnen
200 ml Bratensauce (Fertigprodukt)
Pfeffer
Majoran
Cayennepfeffer
Kreuzkümmel
1 TL Margarine
ca. 12 EL Kartoffelpüree (Fertigprodukt)
50 g Speckwürfel
2 EL Sonnenblumenkerne

Zubereitung

1 Bohnen waschen, putzen, in mundgerechte Stücke schneiden, in kochendem Salzwasser ca. 10 Minuten blanchieren und gut abtropfen lassen. Gemüsezwiebel abziehen und würfeln.

2 Öl in einer Pfanne erhitzen, Zwiebelwürfel und Hackfleisch darin gut anbraten, Kidneybohnen und Bratensauce dazugeben, mit Salz, Pfeffer, Majoran, Cayennepfeffer und Kreuzkümmel pikant abschmecken.

3 Auflaufform mit Margarine ausstreichen, die Hälfte des Kartoffelpürees darin gleichmäßig verteilen, mit der Hackfleischmasse bedecken, dann das Gemüse darauf schichten. Restliches Kartoffelpüree als Kleckse obenauf setzen, mit Speckwürfeln und Sonnenblumenkernen bestreuen.

4 Backofen vorheizen und den Auflauf bei 180 Grad ca. 45 Minuten backen.

EW	F	KH	kcal/kJ
5 g	10 g	4 g	130/541

TIPP

Grüne Bohnen müssen fest und knackig sein, ohne braune Stellen. Im Kühlschrank sind sie höchstens 2 Tage haltbar. Grüne Bohnen dürfen nicht roh verzehrt werden, da sie den giftigen Stoff Phasin enthalten, der durch Hitze abgebaut wird.

Zutaten

400 g Schweinefilet
2 EL Butterschmalz
Salz
Pfeffer
250 g Möhren
500 g Kartoffeln
250 g Champignons
100 g Butterkäse
200 g Sahne
2 Eier
1 Prise Muskatnuss
Petersilie zum Bestreuen

Schweinefiletgratin mit Gemüse

Zubereitung

1 Fleisch kurz waschen und trockentupfen.

2 Butterschmalz in einer Pfanne erhitzen. Das Fleisch rundherum kräftig anbraten und 5 Minuten bei niedriger Temperatur weiterbraten. Herausnehmen, mit Salz und Pfeffer würzen und etwas ruhen lassen.

3 Möhren und Kartoffeln schälen, waschen und in dünne Scheiben schneiden. Champignons putzen, waschen und in dickere Scheiben schneiden.

4 Käse fein reiben. Sahne und Eier verrühren. Mit Salz, Pfeffer und Muskat würzen. 3/4 des Käses in die Eiermilch rühren. Fleisch in Scheiben schneiden.

5 Fleisch- und Gemüsescheiben dekorativ in eine Auflaufform schichten. Eiermilch darüber gießen, mit Alufolie abdecken. Im vorgeheizten Backofen bei 200 Grad 40 Minuten backen. Folie abnehmen, den restlichen Käse über den Auflauf geben und weitere 20 Minuten backen.

6 Mit gehackter Petersilie bestreuen und in der Form servieren.

EW	F	KH	kcal/kJ
33 g	44 g	24 g	658/2755

TIPP

Es empfiehlt sich, das Filet erst nach dem Braten zu salzen, da es sonst zu trocken wird.

Hähnchenauflauf mit Salbei

Zutaten
4 Hähnchenbrustfilets
2 Scheiben roher Schinken
2 Scheiben Gouda
Salz
Pfeffer aus der Mühle
2 EL Olivenöl
40 g Butter
20 g Mehl
1/8 l Geflügelfond oder Hühnerbrühe (Instant)
125 g Sahne
4 Scheiben Baguette oder Toast
2 Knoblauchzehen
100 g Appenzeller-Käse, gerieben
8–12 Salbeiblätter

Zubereitung

1 In die Filets eine Tasche schneiden, jeweils mit einer 1/2 Scheibe Schinken und Gouda füllen. Salzen, pfeffern und von allen Seiten in heißem Olivenöl kurz anbraten. Aus der Pfanne nehmen.

2 30 g Butter im Bratfett schmelzen, das Mehl unterrühren und anschwitzen. Mit Geflügelfond und Sahne auffüllen und 15 Minuten zugedeckt bei schwacher Hitze kochen.

3 Inzwischen den Backofen auf 225 Grad vorheizen.

4 Brot im Toaster oder Backofen goldbraun rösten. Knoblauch in dünne Scheiben schneiden. Die Brotscheiben in eine große feuerfeste Form geben und das Fleisch darauf legen.

5 Die Hälfte vom geriebenen Appenzeller unter die Sauce rühren, mit Salz abschmecken und löffelweise über das Fleisch geben. Mit dem restlichen Käse bestreuen.

6 Den Auflauf auf der zweiten Einschubleiste von oben 10 Minuten überbacken.

7 Inzwischen die Knoblauchscheiben und den Salbei in der restlichen Butter anbraten. Vor dem Servieren über das Fleisch verteilen.

EW	F	KH	kcal/kJ
42 g	40 g	22 g	632/2653

TIPP
Zu diesem leckeren Geflügelgericht passt ein Chardonnay. Diese bekannte Rebsorte ist säurearm und mild.

Zutaten

500 g mehlig kochende Kartoffeln
500 g Zucchini
600 g Schweinefilet
Salz
Pfeffer, frisch gemahlen
1 Päckchen Fix für Zwiebel-Rahmschnitzel (Fertigprodukt)
250 g Sahne
50 g Käse, gerieben
1/2 Bd. Petersilie

TIPP

Zucchini stammen vom Riesenkürbis ab. Außer den grünen Exemplaren sieht man gelegentlich auch gelbschalige, die vom Geschmack jedoch gleich sind. Bevorzugen Sie kleine Früchte, sehr große schmecken eher fade.

Kartoffel-Zucchini-Auflauf mit Schweinefilet

Zubereitung

1 Kartoffeln waschen, schälen, Zucchini putzen und waschen. Kartoffeln und Zucchini in dünne Scheiben schneiden.

2 Schweinefilet abspülen, trockentupfen und ebenfalls in dünne Scheiben schneiden. Kartoffel- und Zucchinischeiben und Schweinefilet abwechselnd in eine Auflaufform schichten. Mit Salz und Pfeffer würzen. Fix für Zwiebel-Rahmschnitzel mit Sahne und Käse verrühren, darüber verteilen und glatt streichen.

3 Im vorgeheizten Backofen ca. 50 Minuten goldbraun überbacken.

4 Petersilie abspülen, trockenschütteln, fein hacken und vor dem Servieren über den Auflauf streuen.

EW	F	KH	kcal/kJ
43 g	28 g	28 g	532/2225

Shepherd's Pie

Zutaten
3 Zwiebeln
1 Knoblauchzehe
2 EL Butter
500 g Lammhackfleisch
1 EL Mehl
300 ml Brühe
2 EL Tomatenmark
2 EL Worcestersauce
2 TL Weinessig
Thymian
Salz
Pfeffer
Cayennepfeffer
1 kg Kartoffeln
Fett für die Form
2 EL Parmesan, gerieben

Zubereitung

1 Zwiebeln und Knoblauchzehe schälen und fein würfeln.

2 Butter erhitzen, Hackfleisch und Zwiebelwürfel darin bräunen. Mehl unterrühren, mit Brühe aufgießen. Mit Knoblauchwürfeln, Tomatenmark, Worcestersauce, Essig und Gewürzen abschmecken und ca. 15 Minuten köcheln lassen.

3 Kartoffeln schälen, in kleine Würfel schneiden, in Salzwasser ca. 10 Minuten knapp gar kochen, abgießen, gut abtropfen lassen.

4 Fleischmasse in eine gefettete Form verteilen, mit Kartoffelwürfeln bedecken und mit Parmesan bestreuen.

5 Auflauf im vorgeheizten Backofen bei 200 Grad ca. 30 Minuten backen.

EW	F	KH	kcal/kJ
29 g	31 g	45 g	602/2522

Hackfleischauflauf mit Rosenkohl

Zutaten
3 Tütchen Gemüse-Cremesuppe (Fertigprodukt)
4 Eier
Salz
Pfeffer
Majoran
300 g Rosenkohl (frisch oder tiefgekühlt)
1 Gemüsezwiebel
1 EL Öl
300 g Rinderhackfleisch
40 g Margarine für die Form
ca. 12 EL Kartoffelpüree (Fertigprodukt)
50 g Speckwürfel
2 EL Paniermehl

Zubereitung

1 Gemüse-Cremesuppe nach Anweisung zubereiten, die verquirlten Eier dazugeben und mit Salz, Pfeffer und Majoran würzen.

2 Rosenkohl auftauen lassen. Frischen Rosenkohl putzen, waschen, Stielenden über Kreuz einschneiden und in kochendem Salzwasser ca. 10 Minuten leise köcheln. Abtropfen lassen.

3 Gemüsezwiebel schälen und würfeln.

4 In einer Pfanne Öl erhitzen. Rinderhackfleisch und Zwiebelwürfel darin anbraten und mit Gewürzen herzhaft abschmecken.

5 Eine Auflaufform mit Margarine ausstreichen, Kartoffelpüree gleichmäßig darin verteilen, Rinderhackfleisch und Zwiebeln darauf geben und leicht andrücken. Darüber den Rosenkohl schichten und mit Gemüsecreme begießen. Mit Speckwürfeln und Paniermehl bestreuen.

6 Im vorgeheizten Backofen bei 180 Grad ca. 45 Minuten backen.

EW	F	KH	kcal/kJ
36 g	40 g	14 g	563/2357

Gratin mit Hähnchen

Zubereitung

1 Zartweizen nach Packungsanweisung zubereiten.

2 Hähnchenbrustfilet waschen, trockentupfen und in schmale Streifen schneiden. Hähnchenbrust in erhitztem Öl anbraten und mit Salz, Pfeffer und Paprikapulver würzen.

3 Paprikaschoten halbieren, putzen, waschen und in kleine Würfel schneiden. Mais abtropfen lassen, Käse reiben, Schnittlauch waschen und in Röllchen schneiden.

4 Eier mit Crème fraîche glatt rühren und die Hälfte des Käses untermischen.

5 Zartweizen mit Paprikaschoten, Mais, Schnittlauch sowie Fleisch vermengen und mit Salz, Pfeffer und Paprikapulver würzen. 2/3 der Eiermasse unterziehen und in eine gefettete Auflaufform füllen. Restliche Eiermasse und Käse darüber geben und im vorgeheizten Backofen bei 175 Grad ca. 25 Minuten überbacken.

EW	F	KH	kcal/kJ
2 g	11 g	9 g	142/599

Zutaten

250 g Zartweizen (z. B. 2 Kochbeutel Ebly à 125 g)
300 g Hähnchenbrustfilet
2 EL Speiseöl
Salz
Pfeffer
Paprikapulver
2 rote Paprikaschoten
1 kleine Dose Mais (285 g)
100 g Gouda
1 Bd. Schnittlauch
3 Eier
150 g Crème fraîche
Fett für die Form

Blumenkohl im Hackfleischring

Zutaten
1 mittelgroßer Blumenkohl
Salz
1 EL Zitronensaft
1 Brötchen vom Vortag
1 Zwiebel
1/2 Bd. Petersilie
400 g Hackfleisch
150 g Gouda, gerieben
1 Ei
1 TL mittelscharfer Senf
Pfeffer
Paprikapulver edelsüß
Fett für die Form
4 kleine feste Tomaten
1 EL Butter
1 EL Mehl
1/8 l Fleischbrühe
100 ml Milch
5 EL Sahne
Muskatnuss

Zubereitung

1 Blumenkohl putzen, waschen, in Röschen teilen, 15 Minuten in reichlich Salzwasser mit Zitronensaft bissfest garen, abgießen und abtropfen lassen.

2 Brötchen in kaltem Wasser einweichen. Zwiebel abziehen und fein würfeln. Petersilie waschen, trockentupfen und hacken. Das Brötchen ausdrücken und mit Hackfleisch, Zwiebelwürfeln, Petersilie, der Hälfte der Käseraspel, Ei und Senf verkneten. Mit Salz, Pfeffer und Paprikapulver würzen.

3 Eine runde feuerfeste Form einfetten, die Hackfleischmasse als Ring hineingeben und die Blumenkohlröschen in die Mitte setzen.

4 Tomaten waschen, halbieren und mit der Schnittfläche nach oben leicht in den Fleischring eindrücken.

5 Butter erhitzen, Mehl darüber stäuben und anschwitzen. Brühe, Milch und Sahne angießen, aufkochen und ca. 10 Minuten köcheln lassen, dabei umrühren. Restlichen Käse bis auf 2 EL zugeben und mit Salz, Pfeffer sowie Muskatnuss abschmecken. Sauce über den Blumenkohl gießen. 10 Minuten vor Ende der Garzeit mit den restlichen Käseraspeln bestreuen.

EW	F	KH	kcal/kJ
36 g	40 g	14 g	563/2357

Schinkenauflauf

Zutaten
1 kg Speisequark
1/4 l Milch
6 Eigelb
50 g Speisestärke
250 g gekochter Schinken
1 kleine Zwiebel
Salz, weißer Pfeffer
1/2 TL getrockneter Thymian, zerrieben
Knoblauchsalz
3 Eiweiß
40 g Butter
30 g Paniermehl

Zubereitung

1 Quark, Milch, Eigelb und Speisestärke verrühren. Schinken und geschälte Zwiebel fein würfeln, dazugeben und mischen. Mit Salz, Pfeffer, Thymian und Knoblauchsalz abschmecken.

2 Eiweiß in einer Schüssel steif schlagen, unter die Auflaufmasse heben. Masse in eine feuerfeste, gebutterte Form füllen, mit einem angefeuchteten Löffel glatt streichen, Paniermehl darüber streuen.

3 Restliche Butter in Flöckchen darauf verteilen. Im vorgeheizten Ofen bei 220 Grad 50 Minuten backen.

EW	F	KH	kcal/kJ
51 g	33 g	29 g	563/2357

Zutaten
500 g Auberginen
3–4 EL Maiskeimöl
1 Zwiebel, geschält, fein gewürfelt
250 g Rinderhackfleisch
1 Knoblauchzehe, gepresst
1/2 Packung Tomatenstückchen mit Kräutern (180 g)
Salz
Pfeffer
Thymian
Oregano
Fett für die Form
25 g Parmesan, frisch gerieben
1/4 l Milch
2 1/2 gehäufte EL klassische Mehlschwitze, hell (Fertigprodukt)
1 Eigelb

Moussaka (für 2–3 Personen)

Zubereitung

1 Auberginen waschen und längs in Scheiben schneiden. In 2 EL heißem Öl goldgelb braten und herausnehmen. Zwiebelwürfel im restlichen Öl andünsten. Hackfleisch dazugeben und kräftig anbraten.

2 Knoblauch und Kräutertomaten hinzufügen, würzen.

3 Auberginen, Hackfleischmasse und wieder Auberginen in eine gefettete Auflaufform geben, dabei jede Schicht mit etwas Parmesan bestreuen.

4 Für die Sauce Milch aufkochen, Mehlschwitze mit dem Schneebesen einrühren, 1 Minute kochen lassen. Eigelb unterziehen, mit Salz und Pfeffer abschmecken.

5 Béchamelsauce über den Auflauf geben, im vorgeheizten Backofen bei 175–200 Grad ca. 60 Minuten backen.

EW	F	KH	kcal/kJ
34 g	54 g	30 g	876/3254

TIPP

Sie können die Mehlschwitze selbst zubereiten. Sieben Sie dazu 30 g Mehl in 25 g heiß schäumende Butter, verrühren Sie die Zutaten und schwitzen Sie diese hell an. Gießen Sie Milch unter Rühren hinzu, ohne dass dabei Klumpen entstehen.

Sauerkraut-Hackfleisch-Auflauf

Zutaten
1 Zwiebel
2 Tomaten
300 g Hackfleisch, gemischt
2 EL Öl
2 EL Tomatenmark
Salz
grober Pfeffer
500 g Kartoffeln
1 kleine Dose Sauerkraut
200 g Sahne
150 g Crème faîche

Zubereitung

1 Zwiebel abziehen, Tomaten waschen und beides würfeln.

2 Hackfleisch und Zwiebelwürfel in heißem Öl anbraten. Tomatenwürfel und Tomatenmark zugeben, mit Salz und Pfeffer würzen und 10 Minuten köcheln lassen.

3 Kartoffeln schälen, waschen und in feine Scheiben schneiden.

4 In eine große Auflaufform Hackfleischmischung und Sauerkraut einschichten und schuppenförmig mit Kartoffelscheiben belegen. Sahne und Crème fraîche darauf verteilen und im vorgeheizten Backofen bei 200 Grad ca. 40 Minuten backen.

EW	F	KH	kcal/kJ
21 g	39 g	24 g	533/2239

Herzhafter Auflauf mit Putenbrust

Zutaten
500 g Spiralnudeln
Salz
etwas Fett für die Form
400 g Champignons
300 g Erbsen (tiefgekühlt)
2 rote Paprikaschoten
500 g Putenbrust
3 EL Öl
Pfeffer
1 Bd. Petersilie, fein gehackt
250 g Crème fraîche
250 g Emmentaler, gerieben

Zubereitung

1 Spiralnudeln in Salzwasser 5 Minuten kochen. Abgießen und gut abtropfen lassen.

2 Inzwischen eine große Auflaufform fetten.

3 Champignons putzen und in Scheiben schneiden. Mit den Erbsen unter die Nudeln mischen. Paprikaschoten waschen, putzen, entkernen und würfeln.

4 Putenbrust waschen, trockentupfen und in mundgerechte Würfel schneiden.

5 Öl in einer Pfanne erhitzen und das Fleisch darin ca. 7 Minuten scharf anbraten, gelegentlich umrühren. Mit Salz und Pfeffer würzen. Paprika hinzufügen und 3 Minuten mitdünsten.

6 Die Petersilie mit Crème fraîche, Emmentaler und Nudelmischung zum Fleisch geben. Alles kräftig mit Salz und Pfeffer abschmecken. Die gesamte Nudelmasse auf die Form verteilen und in den kalten Ofen stellen. Den Auflauf bei 200 Grad ca. 45 Minuten backen.

EW	F	KH	kcal/kJ
36 g	31 g	53 g	643/2705

Aufläufe und Gratins mit Fisch

Fisch-Lauch-Gratin mit Blauschimmelkäse (Abb. S. 25)

Zutaten
400 g Lauch
1 Zwiebel
2 Knoblauchzehen
4 Tomaten
800 g Zanderfilet
Salz
110 g Butter
100 ml trockener Weißwein
250 g Sahne
250 ml Milch
weißer Pfeffer
Saft von 1 Zitrone
200 g Weichkäse mit Blauschimmel, gewürfelt

Zubereitung

1 Lauch putzen, der Länge nach halbieren und in ca. 2 cm breite Stücke schneiden. Zwiebel und Knoblauch schälen und fein würfeln. Tomaten waschen, Stielansatz entfernen und in Scheiben schneiden.

2 Das Zanderfilet kurz waschen, trockentupfen und in ca. 5 cm große Würfel schneiden.

3 Lauchstücke in kochendem Salzwasser ca. 30 Sekunden blanchieren, abschrecken und abtropfen lassen.

4 Zwiebel- und Knoblauchwürfel mit 80 g Butter in einer tiefen Pfanne glasig anschwitzen. Mit Weißwein ablöschen und einmal kurz aufkochen lassen. Sahne und Milch dazugeben, unter Rühren ebenfalls aufkochen und mit Salz, Pfeffer und Zitronensaft abschmecken. Zum Schluss den gewürfelten Käse hinzufügen.

5 Eine mit der restlichen Butter gefettete Auflaufform abwechselnd mit Lauch, Fisch und Tomatenscheiben auslegen. Darüber zum Schluss gleichmäßig die Käsesahne-Sauce gießen und im vorgeheizten Ofen bei 180 Grad 35 Minuten hellbraun backen.

EW	F	KH	kcal/kJ
25 g	57 g	26 g	853/3581

Seelachs mit Paprikastreifen

Zutaten
800 g Seelachs
2 rote Paprikaschoten
2 TL Sonnenblumenöl
400 g Sahne
2 Beutel Seelachs in Kräuter-Sahne (Fertigprodukt)

Zubereitung

1 Seelachs waschen, trockentupfen und in eine Auflaufform legen.

2 Paprikaschoten waschen, Kerne und weiße Innenhäute entfernen und in Streifen schneiden.

3 In einem Topf Öl heiß werden lassen und die Paprikastreifen darin andünsten. Sahne und 100 ml Wasser zugießen und erwärmen. Seelachs in Kräuter-Sahne einrühren und kurz aufkochen lassen.

4 Sauce über den Seelachs gießen und im vorgeheizten Backofen bei 200 Grad ca. 30 Minuten garen.

EW	F	KH	kcal/kJ
41 g	42 g	13 g	602/2520

Zutaten
800 g Fischfilet
Fett für die Form
Salz
2 EL Zitronensaft
4 mittelgroße Tomaten
25 g 8-Kräuter-Mischung (tiefgekühlt)
Pfeffer aus der Mühle
200 g Schmand
200 g Käse, gerieben
2 Knoblauchzehen
1 EL Speiseöl

Fischauflauf

Zubereitung

1 Fischfilets waschen und mit Küchenpapier trockentupfen. In eine gut gefettete Auflaufform legen, mit Salz bestreuen und mit Zitronensaft beträufeln.

2 Tomaten waschen und die Stielansätze entfernen. Tomaten in Würfel schneiden und auf den Fischfilets verteilen.

3 Kräuter, Salz, frischen Pfeffer und Schmand verrühren. Die Masse über die Fischfilets geben und mit Käse bestreuen.

4 Knoblauchzehen abziehen und in Scheiben schneiden, in erhitztem Öl glasig dünsten und über den Käse geben.

5 Fisch im vorgeheizten Ofen bei 200 Grad ca. 25 Minuten überbacken.

EW	F	KH	kcal/kJ
52 g	30 g	5 g	488/2051

TIPP

Nach Wunsch mit Kräutern garnieren und zu Kräuterreis sowie Toscanello bianco servieren.

Überbackenes Rotbarschfilet

Zutaten
300 g Blattspinat (tiefgekühlt)
600 g Kartoffeln
800 g Rotbarschfilet
Zitronensaft
Salz
80 g Butter
Pfeffer
2 Packungen gewürzte Tomatensauce (Fertigprodukt)
200 g Pecorino (italienischer Hartkäse)
4 EL Paniermehl

Zubereitung

1 Spinat nach Packungsaufschrift auftauen lassen.

2 Kartoffeln kochen, abkühlen lassen, pellen und in Scheiben schneiden.

3 Fischfilets waschen, trockentupfen, mit Zitronensaft beträufeln und salzen.

4 Eine Auflaufform mit der Hälfte der Butter fetten, den Boden mit den Kartoffelscheiben belegen, salzen und pfeffern. Spinat darauf verteilen, darüber die Rotbarschfilets legen. Tomatensauce über den Fisch verteilen. Pecorino reiben, mit Paniermehl mischen und über den Auflauf streuen.

5 Restliche Butter in Flöckchen darüber verteilen. Im vorgeheizten Ofen bei 200 Grad ca. 30 Minuten goldbraun überbacken.

EW	F	KH	kcal/kJ
48 g	26 g	67 g	692/2904

Gratinierter Lachs

Zutaten

1 Zitrone (unbehandelt)
100 g Erbsen und Möhren (tiefgekühlt)
500 g Lachsfilet
Salz
Pfeffer
100 ml Fischfond (Glas)
100 g Sahne
20 g Speisestärke
50 g Champignons in Scheiben (Dose)
50 g Spargelspitzen (Dose)
250 g Reis (z. B. von Uncle Ben's)
Fett für die Form

Zubereitung

1 Zitrone heiß abwaschen, halbieren, eine Hälfte in Scheiben schneiden, die andere auspressen und die Schale in feine Streifen schneiden.

2 Erbsen und Möhren auftauen lassen.

3 Lachsfilets waschen, trockentupfen und in ca. 2 cm breite Streifen schneiden. Mit Zitronensaft beträufeln, salzen und pfeffern.

4 Fischfond mit Sahne aufkochen, mit Speisestärke binden. Erbsen und Möhren, abgetropfte Champignons und Spargelspitzen zugeben und alles zusammen erwärmen.

5 Reis nach Packungsanweisung zubereiten.

6 Eine flache Auflaufform fetten, die Sauce mit Gemüse hineingeben und die Lachsscheiben darauf legen.

7 Im vorgeheizten Backofen bei 175 Grad ca. 15 Minuten garen.

EW	F	KH	kcal/kJ
30 g	38 g	58 g	710/2990

Matjesgratin (für 2 Personen)

Zutaten
3 kleine Äpfel
(z. B. Cox Orange)
Saft von 1/2 Zitrone
4 mittelgroße Kartoffeln
1 Gemüsezwiebel
3 EL Butter
2 Packungen Räucher-Matjesfilets à 125 g
200 g Sahne
Pfeffer,
frisch gemahlen
1 EL Paniermehl

Zubereitung

1 Äpfel schälen, Kerngehäuse entfernen, in Scheiben schneiden und mit Zitronensaft beträufeln. Kartoffeln und Zwiebel schälen und in hauchdünne Scheiben bzw. Ringe schneiden. Zwiebelringe in 1 EL Butter glasig dünsten. Räucher-Matjesfilets abtropfen lassen.

2 Den Backofen auf 180 Grad vorheizen.

3 In eine flache, mit 1 EL Butter ausgestrichene Gratinform erst die Hälfte der rohen Kartoffelscheiben, dann Zwiebelringe, Apfelscheiben und Matjesfilets schichten. Mit restlichen Kartoffeln bedecken.

4 Sahne mit Pfeffer verrühren und über das Gratin gießen. Paniermehl und 1 EL Butter in Flöckchen darüber streuen.

5 Matjesgratin zugedeckt im vorgeheizten Backofen auf der mittleren Schiene ca. 30 Minuten garen. Abdeckung entfernen und so lange überbacken, bis das Gratin knusprig ist.

EW	F	KH	kcal/kJ
26 g	77 g	18 g	343/1439

TIPP

Matjes nennt man junge Heringe, die noch nicht gelaicht haben. In Salzlacke eingelegt, müssen sie 8 Wochen reifen und kommen im Juni frisch auf den Markt. Matjes ist vor allem in den Niederlanden und in Norddeutschland eine Spezialität. Typisch für Matjes ist das wohlschmeckende, aber auch sehr fette Fleisch.

Zutaten
4 Steinbeißerfilets
2 EL Zitronensaft
Salz
3 EL Speiseöl
120 g Schafskäse
150 g Crème fraîche
2 Tomaten
1 Frühlingszwiebel
2 Eigelb
3 EL Petersilie, gehackt
Pfeffer
250 g Reis
Fett für die Form
1 kleine Zucchini
1 Zwiebel
1 Knoblauchzehe
1 große gelbe Paprikaschote
200 g Sahne
150 g Mascarpone

Gratiniertes Steinbeißerfilet

Zubereitung

1 Fisch waschen, trockentupfen, mit Zitronensaft beträufeln und salzen. 2 EL Öl erhitzen und den Fisch darin von beiden Seiten anbraten.

2 Schafskäse mit Crème fraîche pürieren.

3 Tomaten waschen, Frühlingszwiebel putzen, Tomaten in feine Würfel und Zwiebel in feine Ringe schneiden. Beides unter die Schafskäsecreme geben, Eigelb und 1 EL Petersilie unterrühren und mit Salz und Pfeffer abschmecken.

4 Reis nach Packungsanleitung zubereiten.

5 Fischfilets in eine gefettete Auflaufform geben und mit der Creme bestreichen. Im vorgeheizten Backofen bei 200 Grad ca. 10 Minuten gratinieren.

6 Für die Sauce Zucchini putzen, waschen, würfeln, im erhitzten restlichen Öl anbraten, herausnehmen und zur Seite stellen.

7 Zwiebel und Knoblauch schälen, hacken. Paprika waschen, putzen, würfeln und mit Zwiebel und Knoblauch im verbliebenen Fett anbraten. Sahne und Mascarpone zugießen und alles ca. 10 Minuten köcheln lassen.

8 Sauce pürieren, durch ein feines Sieb streichen, mit Salz und Pfeffer abschmecken. Zuletzt Zucchiniwürfel zugeben und erwärmen. Gekochten Reis mit restlicher Petersilie mischen und mit der Sauce zum Fisch servieren.

EW	F	KH	kcal/kJ
47 g	79 g	55 g	480/4750

TIPP
Der Steinbeißer zählt zu der Familie der Seewölfe und wird auch unter den Namen Katfisch oder gestreifter Seewolf verkauft. Typisch für den Steinbeißer ist sein weißes, wohlschmeckendes Fleisch.

Zutaten
500 g Fischfilet (z. B. Lachsforellenfilet, Forelle, Renke, Zander, Heilbutt, Steinbutt)
Zitronensaft
Salz
Pfeffer
1 Zwiebel
2 EL Maiskeimöl
1 Packung Blattspinat (tiefgekühlt)
60 g Mehl
50 g Butter
1/2 l Milch
1 Prise Muskat
100 g Gouda, gerieben
Fett für die Form
100 g Reis
1 Msp. Safran, gemahlen
50 g Shrimps

Gratinierter Fisch

Zubereitung

1 Fischfilets mit Zitronensaft beträufeln, salzen und pfeffern. Zwiebel klein würfeln, im heißen Öl andünsten.

2 Spinat dazugeben und so lange dünsten, bis alle Flüssigkeit verdampft ist. Mit Salz und Pfeffer würzen.

3 Mehl in heiß schäumende Butter sieben, unterrühren, hell anschwitzen, von der Kochstelle nehmen. Milch nach und nach aufgießen, 10 Minuten kochen lassen, mit Muskat, Pfeffer und Salz abschmecken. Den Käse unterrühren.

4 Auflaufform fetten, Reis ungegart hineingeben. Safran untermischen. Fischfilets in Stücke schneiden, auf den Reis legen, Spinat darüber verteilen, Shrimps darauf geben. Mit Käsesauce übergießen und im vorgeheizten Ofen bei 200 Grad ca. 30 Minuten backen.

EW	F	KH	kcal/kJ
41 g	20 g	31 g	478/2007

TIPP
Dazu schmeckt ein gemischter Salat. Als Getränk empfiehlt sich ein Pinot bianco oder ein trockener Riesling.

Kabeljaufilet mit Mandeln und Artischockenherzen garniert

Zutaten
200 g Tomaten
3 Stangen Lauch
2 EL Olivenöl
Salz
Pfeffer
Kreuzkümmel
600 g Kabeljaufilet
100 g Artischockenherzen
Saft von 1 Limette
100 g Mandelblättchen
2 EL brauner Zucker

Zubereitung

1 Tomaten waschen, Kerne und Stielansätze entfernen und vierteln. Fruchtfleisch in Streifen schneiden.

2 Lauch putzen, waschen und in Scheiben schneiden. Lauchscheiben mit Olivenöl 5 Minuten dünsten. Mit Salz, Pfeffer und Kreuzkümmel würzen.

3 Fischfilets in 4 Portionen teilen, salzen und pfeffern. Artischockenherzen in Scheiben schneiden, Limettensaft mit Mandeln und Zucker mischen. Lauch und Tomaten in der Form verteilen.

4 Fischfilets auf das Gemüse setzen, mit Artischockenscheiben belegen, Mandelmischung auf den Artischocken verteilen. Auf der mittleren Schiene im vorgeheizten Ofen 20 Minuten bei 180 Grad garen, die Temperatur auf 220 Grad erhöhen und 5 Minuten goldbraun gratinieren.

5 Servieren Sie als Beilage Reis.

EW	F	KH	kcal/kJ
37 g	22 g	9 g	389/1634

Zutaten
1 kg frisches Gemüse (Lauch, Erbsen, Möhren, Blumenkohl oder 750 g TK-Gemüsemischung)
1 l Gemüsebrühe
125 g Krabben
4 Riesengarnelen mit Schale
Saft von 1/2 Zitrone
Fett für die Form
1 Bd. Petersilie
200 g Sahne
2 Eier
Salz
Pfeffer
250 g Mozzarella

TIPP

Garnelen und Scampi werden geschält, indem zunächst der Kopf mit einer leichten Drehung aus der Schale gezogen wird. Zum Herauslösen des Fleisches schneidet man die Schale auf der Bauchseite auf und entfernt sie. Um den Darm zu entfernen, schneidet man die Rückseite mit einem scharfen Messer ein, hebt den Darm vorsichtig am Ende an und holt ihn heraus.

Auflauf mit Krabben und Garnelen

Zubereitung

1 Frisches Gemüse waschen, putzen und nach Belieben klein schneiden bzw. das TK-Gemüse auftauen und in der Gemüsebrühe kurz blanchieren.

2 Krabben und Riesengarnelen waschen und mit Zitronensaft beträufeln. Riesengarnelen halbieren.

3 Eine Auflaufform fetten und mit Gemüse sowie Meeresfrüchten füllen.

4 Petersilie waschen, trockenschütteln und klein hacken. Sahne mit Eiern, Salz, Pfeffer und Petersilie gut vermischen und über das Gemüse geben.

5 Den Auflauf ca. 40 Minuten im vorgeheizten Ofen bei 225 Grad backen, bis die Eier-Sahne-Masse stockt.

6 Mozzarella in Scheiben schneiden und den Auflauf damit kurz vor Ende der Garzeit belegen. Nochmals für 5 Minuten in den Ofen geben, bis der Käse zerläuft.

EW	F	KH	kcal/kJ
34 g	36 g	31 g	588/2460

Überbackenes Seezungenfilet

Zutaten
800 g Seezungenfilet
100 g Butter
3 Schalotten, fein gehackt
80 g Paniermehl
2 EL Petersilie, fein gehackt
Fett für die Form
300 g Tomaten
250 g Mozzarella
1 Stängel Basilikum

Zubereitung

1 Seezungenfilets kurz abspülen, trockentupfen. 80 g Butter in einer Pfanne erhitzen und den Fisch darin kurz anbraten.

2 In einer weiteren Pfanne restliche Butter erhitzen und die gehackten Schalotten darin andünsten. Paniermehl und Petersilie unter die Schalottenwürfel mischen.

3 Seezungenfilets in eine gefettete Auflaufform legen, Schalotten-Paniermehlmischung darüber geben.

4 Tomaten waschen, in Scheiben schneiden und auf dem Fisch verteilen. Mozzarella ebenfalls in Scheiben schneiden und den Auflauf damit belegen.

5 Im Backofen bei 200 Grad überbacken, bis der Käse geschmolzen ist. Mit Basilikum garnieren.

EW	F	KH	kcal/kJ
4 g	1 g	58 g	260/1090

Gemüse-Fisch-Auflauf mit Käse

Zutaten
2 Fleischtomaten, enthäutet
2 kleine Zucchini
1 Zwiebel
1 Fenchelknolle
300 g Brokkoli
1 l Gemüsebrühe
500 g Seelachsfilet
Butter zum Ausfetten
Pfeffer
Salz
1 Knoblauchzehe, fein gehackt
250 g Mozzarella, in Scheiben geschnitten
Petersilie, fein gehackt

Zubereitung

1 Die Tomaten in Spalten schneiden.

2 Gemüse putzen und waschen. Zucchini in Scheiben, Zwiebel in Ringe, Fenchel in Stücke schneiden, Brokkoliröschen halbieren. Alles ca. 8 Minuten in der Gemüsebrühe kochen.

3 Seelachsfilet kalt abbrausen, trockentupfen und in Stücke schneiden.

4 Gemüse aus der Brühe herausnehmen und abtropfen lassen. Seelachsstücke in die Brühe geben, 5–7 Minuten ziehen lassen, herausnehmen und abtropfen lassen.

5 Eine feuerfeste, gebutterte Form mit Gemüse und Fisch füllen. Pfeffern, salzen und Knoblauchzehe darüber verteilen. Mit den Mozzarellascheiben belegen und bei 200 Grad im vorgeheizten Backofen überbacken, bis der Mozzarella schmilzt. Mit Petersilie bestreut servieren.

EW	F	KH	kcal/kJ
26 g	17 g	49 g	475/1988

TIPP
Seelachs ist in Deutschland der meistverzehrte Fisch. Das Fleisch ist fest, mit wenig Gräten und von kräftigem Geschmack. Das Seelachsfilet entwickelt beim Braten ein besonders gutes Aroma. Deshalb zur Abwechslung das Filet anbraten, anstatt es zu pochieren.

Zutaten
500 g Lauch
Salz
500 g mehlige Kartoffeln
200 g Räucherlachs in Scheiben
1 Beutel Lachs-Sahne-Gratin (Fertigprodukt)
250 g Sahne
50 g Käse, gerieben
1 EL Petersilie, gehackt

Lauch-Lachs-Gratin

Zubereitung

1 Lauch putzen, waschen und in Ringe schneiden. In kochendem Salzwasser 2 Minuten blanchieren, kalt abschrecken und gut abtropfen lassen.

2 Kartoffeln waschen, schälen und in dünne Scheiben schneiden.

3 In eine flache Auflaufform Lauch und Lachs geben, Kartoffeln fächerartig darauf schichten.

4 Lachs-Sahne-Gratin mit Schlagsahne und Käse verrühren, gleichmäßig darüber geben und im vorgeheizten Backofen bei 200 Grad ca. 50 Minuten backen.

5 Mit Petersilie bestreut servieren.

EW	F	KH	kcal/kJ
22 g	28 g	28 g	451/1885

Fischfilet »Algarve«

Zutaten
2 Zwiebeln
2 grüne Paprikaschoten
4 EL Olivenöl
2 Dosen Tomaten à 425 g
6 TL Bouillon (Instant)
600 g Seelachsfilet (tiefgekühlt)

Zubereitung

1 Zwiebeln schälen und in Ringe schneiden. Paprikaschoten waschen, Kerne und weiße Innenhäute entfernen und in Streifen schneiden.

2 In einer Pfanne Öl heiß werden lassen und Zwiebeln ca. 5 Minuten darin andünsten. Paprikaschoten zugeben und 2 Minuten mitdünsten. Dosentomaten und Bouillon zugeben.

3 Seelachsfilets in eine Auflaufform geben, Gemüsesauce darauf verteilen und im vorgeheizten Backofen bei 200 Grad ca. 20 Minuten garen.

EW	F	KH	kcal/kJ
31 g	14 g	9 g	299/1252

Gratiniertes Seelachsrisotto

Zutaten
600 g Seelachs (tiefgekühlt)
2 EL Sonnenblumenöl
200 g Rundkornreis
1/2 l Milch
2 Beutel Krabben-Suppe
4 Eier
2 EL Dill, gehackt
2 TL Butter
4 EL Paniermehl
2 EL Butterflocken

Zubereitung

1 Seelachs auftauen lassen, waschen, anschließend trockentupfen und in kleine Würfel schneiden.

2 In einem Topf Sonnenblumenöl heiß werden lassen und Reis darin glasig dünsten. 400 ml Wasser zugießen und zugedeckt bei geringer Wärmezufuhr ausquellen lassen.

3 500 ml Wasser und Milch zugießen. Beutel Krabben-Suppe einrühren. Unter Rühren aufkochen und bei geringer Wärmezufuhr 30 Minuten kochen lassen. Dabei gelegentlich umrühren.

4 Eier schaumig schlagen, unterrühren. Dill und Fischwürfel vorsichtig mischen.

5 Eine Auflaufform mit Butter einfetten und die Masse einfüllen. Paniermehl darüber streuen und mit Butterflocken belegen. Im vorgeheizten Backofen bei 225 Grad ca. 30 Minuten backen.

EW	F	KH	kcal/kJ
49 g	36 g	61 g	762/3189

Rotbarsch auf Gemüsebett »Nizza«

Zutaten
450 g Blattspinat (tiefgekühlt)
6 Tomaten
600 g Rotbarschfilet
4 EL Weißwein
300 g Crème fraîche
4 TL Bouillon (Instant)
4 EL Pinienkerne

TIPP
Servieren Sie zu dem Rotbarschfilet Kartoffelpüree oder Salzkartoffeln. Das Rotbarschfilet kann durch Lachsfilet ersetzt werden.

Zubereitung

1 Den Blattspinat auftauen lassen, ausdrücken, klein schneiden und in eine Auflaufform geben. Tomaten waschen, Blütenansatz entfernen, entkernen und in Würfel schneiden. Tomatenwürfel auf dem Spinat verteilen.

2 Rotbarschfilets waschen, trockentupfen und auf das Gemüse legen.

3 In einem Topf 8 EL Wasser, Weißwein und Crème fraîche zum Kochen bringen und Bouillon zugeben.

4 Sauce über Rotbarschfilets und Gemüse gießen, mit Pinienkernen bestreuen und im vorgeheizten Backofen bei 200 Grad ca. 20 Minuten überbacken.

EW	F	KH	kcal/kJ
35 g	25 g	6 g	420/1761

Aufläufe und Gratins mit Gemüse

Gratinierter Lauch mit Kräutercreme (Abb. S. 39)

Zutaten
1,5 kg Lauch
1/2 l Gemüsebrühe
4 EL Pflanzencreme
2 EL Mehl
3/8 l Milch
100 g Bergkäse, gerieben
Salz
Pfeffer, frisch gemahlen
Muskatnuss
150 g gekochter Schinken in Scheiben

TIPP
Als Beilage eignen sich Pellkartoffeln oder Salzkartoffeln.

Zubereitung

1 Lauchstangen putzen, abspülen und in 10–15 cm lange Stücke schneiden. In kochender Gemüsebrühe ca. 5 Minuten garen. Herausnehmen und gut abtropfen lassen.

2 Für die Käsesauce 3 EL Pflanzencreme erhitzen, Mehl dazugeben und verrühren. Kurz aufschäumen lassen. Kalte Milch dazugießen. Unter Rühren aufkochen, 50 g Käse darin schmelzen und die Sauce mit Salz, Pfeffer und Muskatnuss abschmecken.

3 Die etwas abgekühlten Lauchstücke jeweils mit Schinken umwickeln und in eine mit der restlichen Pflanzencreme eingefettete Auflaufform setzen. Käsesauce darauf verteilen und den restlichen Käse darüber streuen.

4 Auflauf im vorgeheizten Backofen bei 200 Grad ca. 30 Minuten backen, bis er eine leicht gebräunte Kruste hat.

EW	F	KH	kcal/kJ
24 g	24 g	15 g	371/1552

Kartoffelauflauf mit Gemüse

Zutaten
200 g mehlig kochende Kartoffeln
Salz
100 ml Buttermilch
etwas Butter für die Form
Pfeffer
Muskatnuss
Majoran
1 Ei
50 g Lauch- bzw. Frühlingszwiebeln
1 kleine Möhre

Zubereitung

1 Kartoffeln schälen, halbieren und in Salzwasser garen. Abgießen und mit 75 ml Buttermilch zerstampfen, bis ein gleichmäßiges Püree entstanden ist.

2 Eine feuerfeste Auflaufform mit Butter einfetten. Masse würzen und mit dem Spritzbeutel an den Rand der gebutterten Form spritzen.

3 Ei mit Pfeffer, Muskatnuss und Salz verquirlen.

4 Gemüse waschen, in sehr feine Streifen schneiden, mit der Buttermilch unter die Eimasse rühren, dann die Mischung in die Mitte der Form geben. Im vorgeheizten Ofen bei 200 Grad ca. 20 Minuten backen, bis die Eimasse gestockt ist.

EW	F	KH	kcal/kJ
16 g	8 g	38 g	288/1205

Kartoffelgratin mit Speck

Zutaten

1,5 kg fest kochende, große Kartoffeln, Salz
Butter für die Form
100 g Schinkenspeck
1 Stange Lauch
1 EL Öl
150 g Schmelzkäse mit Salamigeschmack
200 g Sahne, 3 Eier
Pfeffer
1/2 TL Kräuter der Provence

Zubereitung

1 Kartoffeln schälen, waschen, in 4 mm dicke Scheiben schneiden. In Salzwasser knapp gar kochen und in eine gefettete Gratinform schichten.

2 Speck würfeln, Lauch putzen, waschen und in Ringe schneiden. In heißem Öl 5 Minuten unter Rühren dünsten. Über die Kartoffelscheiben verteilen.

3 100 g Schmelzkäse mit Sahne, Eiern, Salz, Pfeffer und Kräutern gut verquirlen. Über die Kartoffeln gießen.

4 Im vorgeheizten Backofen bei 200–225 Grad 45–50 Minuten backen.

5 Nach 30 Minuten Backzeit restlichen Schmelzkäse in kleinen Klecksen darüber geben.

EW	F	KH	kcal/kJ
21 g	47 g	62 g	769/3230

TIPP

Dieses Rezept lässt sich gut mit verschiedenem blanchiertem Gemüse variieren. Eignet sich auch als reichhaltige Beilage für 6–8 Personen.

Zutaten
600 g Gemüse der Saison, blanchiert (z. B. Blumenkohl, Möhren, Kohlrabi)
1 TL Butter
Salz
1 Dose Champignon-creme-Suppe (Fertigprodukt)
50 g Emmentaler, gerieben
1/2 Bd. Petersilie, gehackt

TIPP
Der Auflauf kann auch im heißen Ofen gegart werden und ist nach ca. 25 Minuten fertig.

Schneller Gemüseauflauf in zarter Champignoncreme

Zubereitung
1 Gemüse in eine gefettete Auflaufform schichten, salzen.
2 Champignoncreme-Suppe darüber gießen und alles mit Emmentaler bestreuen.
3 Unter dem Mikrowellengrill ca. 7 Minuten überbacken und mit Petersilie bestreut servieren.

EW	F	KH	kcal/kJ
10 g	17 g	13 g	231/994

Zutaten
1 Würfel klare Gemüsesuppe
200 g Maisgrieß
1 Ei
150 g Gorgonzola
2 EL Olivenöl
2 Packungen Blattspinat (tiefgekühlt, à 300 g)
2 Zwiebeln
3 Tomaten

Polenta-Spinat-Gratin

Zubereitung
1 1/2 l Wasser zum Kochen bringen und 1/2 Würfel klare Gemüsesuppe darin auflösen. Maisgrieß zugeben und bei geringer Wärmezufuhr ca. 25 Minuten ausquellen lassen. Das Ei und 50 g Gorgonzola unterrühren. Masse auf eine mit 1 EL Öl gefettete Aluminiumfolie streichen und zu einer Rolle formen. Erkalten lassen und in Scheiben schneiden.
2 Spinat auftauen lassen. Zwiebeln schälen, klein schneiden und in einer feuerfesten Form in 1 EL Öl andünsten. Spinat und 2 EL Wasser zugeben, 1/2 Brühwürfel in der Dunstflüssigkeit auflösen.

Polenta-Spinat-Gratin (Fortsetzung)

3 Tomaten waschen, in Scheiben schneiden. Tomaten- und Polentascheiben abwechselnd auf den Spinat legen.
4 Restlichen Käse in kleine Würfel schneiden, auf dem Auflauf verteilen und bei 220 Grad ca. 45 Minuten backen.

EW	F	KH	kcal/kJ
17 g	18 g	42 g	406/1706

Spargelgratin

Zutaten
750 g Spargel, Salz
4 EL Pflanzencreme
1 EL Zucker
6 Eier, 3 EL Milch
150 g gekochter Schinken, gewürfelt
1 Päckchen Sauce hollandaise (Fertigprodukt)

Zubereitung
1 Spargel schälen, Enden abschneiden und Spargel in ca. 5 cm lange Stücke schneiden. In kochendem Salzwasser mit 1 EL Pflanzencreme und Zucker garen.
2 Eier mit Milch verquirlen.
3 3 EL Pflanzencreme in einer Pfanne erhitzen. Schinkenwürfel zugeben, Eimasse darüber gießen und unter Rühren stocken lassen.
4 Rührei in eine Auflaufform setzen, Spargelstücke auf dem Rührei verteilen. Mit Sauce hollandaise übergießen und im vorgeheizten Backofen bei 175 Grad ca. 20 Minuten überbacken.

EW	F	KH	kcal/kJ
22 g	36 g	10 g	617/2568

TIPP
So können Sie Sauce hollandaise selber machen: 1 TL Brühe, 1 EL Wein, 1 EL Zitronensaft, Salz, Pfeffer, etwas Zucker und 3 Eigelb schaumig rühren. Im heißen Wasserbad cremig schlagen. Unter ständigem Rühren 100 g zerlassene Butter unterschlagen. Die Sauce bei geringer Hitze schlagen, bis sie dick wird.

Kohlauflauf

Zutaten
2 Stauden Chinakohl
Salz
Margarine zum Einfetten
2 EL Sojasauce
250 g Rinderhackfleisch
1 Zwiebel
1 Bd. Suppengrün
1/8 l Fleischbrühe
100 g durchwachsener Speck
4 Tomaten
10 g Butter

Zubereitung

1 Chinakohl waschen, putzen, abtropfen lassen und vierteln. In 1 l gesalzenem Wasser in 20 Minuten gar kochen.

2 Eine feuerfeste Form mit Margarine einfetten.

3 Kohl herausnehmen und auf einem Sieb abtropfen lassen. In feine Streifen schneiden und die Hälfte des Kohls mit Sojasauce in die Form geben.

4 Rinderhack in eine Schüssel geben. Zwiebel schälen und fein würfeln. Suppengrün putzen, unter kaltem Wasser abspülen, trockentupfen und sehr fein hacken. Beides in das Hackfleisch geben und salzen.

5 Masse auf dem Kohl in der Form verteilen und den restlichen Chinakohl darüber geben. Mit heißer Fleischbrühe aufgießen. Speck fein würfeln und darüber streuen.

6 Form in den vorgeheizten Ofen auf die mittlere Schiene stellen und 30 Minuten bei 220 Grad backen.

7 In der Zwischenzeit Tomaten waschen, Stängelansätze herausschneiden. Tomaten dann oben kreuzweise einschneiden.

8 Butter und Wasser in einen Topf geben, Tomaten hineinsetzen und in 5 Minuten weich dünsten; warm stellen. Form aus dem Ofen nehmen, mit den gedünsteten Tomaten garniert sofort servieren.

EW	F	KH	kcal/kJ
32 g	44 g	4 g	562/2356

Kohlrabigratin

Zutaten
4 große Kohlrabi
2 Beutel Brokkoli-Gratin (Fertigprodukt)
100 g Parmesan, gerieben
4 EL Basilikum, gehackt

Zubereitung

1 Kohlrabi waschen, schälen und in dünne Scheiben hobeln. In einer flachen Auflaufform verteilen.

2 1/2 l Wasser erwärmen. Brokkoli-Gratin einrühren, zum Kochen bringen und 1 Minute kochen. Über die Kohlrabi geben.

3 Im vorgeheizten Backofen bei 200 Grad ca. 40 Minuten backen.

4 Parmesan über das Gratin streuen und mit Basilikum garniert servieren.

EW	F	KH	kcal/kJ
7 g	8 g	7 g	132/553

Spargel-Stangensellerie-Gratin

Zutaten

1 1/4 kg Spargel
600 g Stangensellerie
Salz
1 Prise Zucker
160 g Butter
1 Beutel Sauce hollandaise (Fertigprodukt)
Fett für die Form
1 1/2 EL Walnüsse, gehackt

Zubereitung

1 Spargel schälen und waschen. Stangensellerie putzen, waschen und je nach Dicke der Stangen längs halbieren.

2 Wasser mit Salz, Zucker und 10 g Butter zum Kochen bringen.

3 Stangensellerie darin bei schwacher Hitze ca. 25 Minuten garen. Nach 5 Minuten Spargel dazugeben und mitgaren.

4 Sauce hollandaise mit einem Schneebesen in kaltes Wasser einrühren und unter Rühren langsam aufkochen.

5 Restliche Butter bei schwacher Hitze nach und nach darunter schlagen, bis sie geschmolzen ist.

6 Gemüse abgießen und in eine gefettete Auflaufform legen. Walnüsse darüber streuen.

7 Sauce hollandaise über das Gemüse verteilen und alles unter vorgeheiztem Grill oder im Ofen ca. 10 Minuten gratinieren.

EW	F	KH	kcal/kJ
9 g	42 g	17 g	501/2090

Zutaten
3 Stangen Lauch
Salz
375 g Tomaten
200 g Gouda
150 g Fleischwurst
etwas Butter für die Form
Pfeffer
Muskat
200 g fest kochende Kartoffeln
1/8 l Milch
30 g Butter, zimmerwarm
1 Ei
1 Bd. glatte Petersilie, gehackt

Tomaten-Lauch-Auflauf mit Käsesauce und Püree

Zubereitung

1 Backofen auf 225 Grad vorheizen.

2 Lauch putzen, waschen und in ca. 1 cm dicke Ringe schneiden. In Salzwasser 2–3 Minuten blanchieren und abtropfen lassen.

3 Tomaten waschen und in Scheiben schneiden.

4 Gouda grob reiben.

5 Haut der Fleischwurst abziehen und Wurst in dünne Scheiben schneiden.

6 Lauch in eine leicht gebutterte Auflaufform geben. Tomaten- und Wurstscheiben dachziegelartig darauf schichten, mit Salz, Pfeffer und Muskat würzen. Mit 1/3 des Goudas bestreuen und 25–30 Minuten backen.

7 Kartoffeln schälen und grob würfeln. In 1/8 l leicht gesalzenem Wasser ca. 10 Minuten weich kochen, Kartoffelwasser im Topf lassen.

8 Kartoffeln mit einem Kartoffelstampfer zerdrücken, Milch und Butter dazugeben, gut verrühren, mit Salz abschmecken.

9 Für die Sauce restlichen Gouda in das Kartoffelwasser rühren, aufkochen, mit Ei legieren, gehackte Petersilie hinzugeben.

10 Auflauf mit Käsesauce und Püree servieren.

EW	F	KH	kcal/kJ
27 g	36 g	18 g	503/2113

TIPP
Tomaten lagert man am besten bei Zimmertemperatur. Im Kühlschrank verlieren sie schnell ihr Aroma.

Kartoffel-Zucchini-Auflauf

Zutaten
1 kg Kartoffeln
Salz
3–4 Zucchini
500 g Tomaten
1 EL Öl
100 ml Milch
Pfeffer
Muskat
4 Eier
100 g Parmesan

Zubereitung

1 Kartoffeln waschen, schälen und in wenig kochendem Salzwasser ca. 15 Minuten vorgaren. Abkühlen lassen, in Scheiben schneiden.

2 Zucchini putzen, waschen und der Länge nach in mehrere Scheiben schneiden. Tomaten waschen, halbieren, den Stielansatz entfernen und die Tomatenhälften achteln.

3 Eine feuerfeste Auflaufform mit wenig Öl ausstreichen.

4 Gemüse in der gut gefetteten Form schichtweise anordnen. Milch, Salz, Pfeffer und Muskat mit Eiern verquirlen und über das Gemüse gießen.

5 Parmesan auf einer Reibe fein hobeln. Geriebenen Käse über den Auflauf streuen, im vorgeheizten Ofen bei 200 Grad 15–20 Minuten überbacken.

EW	F	KH	kcal/kJ
23 g	13 g	51 g	404/1690

Kartoffel-Brokkoli-Auflauf

Zutaten
250 g fest kochende Kartoffeln
2 altbackene Roggenbrötchen
4 Eier
200 g Brokkoli
Salz
100 g gekochter Schinken ohne Fettrand in Scheiben
130 g Butterschmalz
weißer Pfeffer aus der Mühle
Muskatnuss, gerieben
1 TL Majoran, getrocknet
1 EL Petersilie, fein gehackt
50 g Paniermehl

Zubereitung

1 Kartoffeln waschen und knapp mit Wasser bedeckt im geschlossenen Topf ca. 25 Minuten garen.

2 Brötchen in Scheiben schneiden und in warmem Wasser einweichen.

3 Eier trennen, Eiweiß steif schlagen.

4 Brokkoli waschen, von den dicken Strünken die Haut mit einem spitzen Messer abziehen, Röschen, Strünke und Stiele in mundgerechte Stücke schneiden und in reichlich Salzwasser 5 Minuten blanchieren. Auf ein Sieb schütten, abschrecken und gut abtropfen lassen.

5 Schinken in feine Rauten schneiden.

6 Eingeweichte Brötchen ausdrücken, Kartoffeln abgießen, abschrecken und schälen. Noch heiß durch eine Kartoffelpresse in eine Schüssel drücken, Eigelb und ca. 100 g Butterschmalz unterrühren. Das Ganze mit Pfeffer, Salz, Muskat, Majoran und Petersilie würzen. Brokkolistücke und Schinken vorsichtig untermengen und zuletzt das steif geschlagene Eiweiß unterheben. Masse in eine Auflaufform füllen.

7 Restliches Butterschmalz in einer Pfanne erhitzen, Paniermehl einstreuen und unter Rühren leicht anrösten. Paniermehl auf den Auflauf streuen, im vorgeheizten Ofen ca. 40 Minuten backen.

EW	F	KH	kcal/kJ
17 g	24 g	32 g	930/3815

Frühlingsauflauf

Zutaten
500 g Kartoffeln
400 g Möhren
250 g Frühlingszwiebeln
40 g Butter
2 EL klare Brühe (Instant)
3 Eier
3 EL Crème fraîche
3 EL Kräuter (tiefgekühlt)
100 g Käse, gerieben

Zubereitung

1 Kartoffeln und Möhren waschen, schälen und in Scheiben schneiden.

2 Frühlingszwiebeln waschen und in Ringe schneiden.

3 Eine Auflaufform mit 20 g Butter einfetten, Gemüse darin schichten.

4 Klare Brühe darüber streuen, 4 EL Wasser zufügen und die restliche Butter auf dem Auflauf verteilen. Zugedeckt im vorgeheizten Backofen bei 200 Grad ca. 40 Minuten garen. Eier mit Crème fraîche und Kräutern verrühren, über den Auflauf gießen. Käse darüber streuen, weitere 15 Minuten garen.

EW	F	KH	kcal/kJ
17 g	27 g	28 g	432/1808

Überbackenes Schwarzwurzelragout

Zutaten
100 g Mehl
2 EL Essig
Salz
1 kg Schwarzwurzeln
Fett für die Form
400 g Saftschinkenscheiben
60 g Butter
125 g Sahne
weißer Pfeffer
Muskatnuss
100 g Edamer- oder Goudakäse, gerieben

Zubereitung

1 50 g Mehl mit wenig kaltem Wasser anrühren, mit Wasser auf 1 l auffüllen, Essig und Salz zugeben.

2 Die Schwarzwurzeln schälen, in ca. 5 cm große Stücke schneiden, in das Wasser geben und ca. 10 Minuten kochen.

3 Anschließend abgetropft in eine gefettete feuerfeste Form geben, Saftschinken untermischen.

4 Butter für die Sauce auf kleiner Flamme schmelzen. Restliches Mehl darin goldgelb anschwitzen, mit Sahne aufgießen, so viel kochende Schwarzwurzelflüssigkeit zugeben, bis eine cremige Sauce entsteht. Bei mäßiger Hitze 5 Minuten durchkochen, mit Salz, Pfeffer und geriebener Muskatnuss abschmecken.

5 Sauce über das Schwarzwurzel-Schinken-Gemisch gießen, mit dem geriebenen Käse bestreuen und bei 200–220 Grad im vorgeheizten Backofen 10–15 Minuten überbacken.

EW	F	KH	kcal/kJ
36 g	32 g	23 g	522/1674

Kartoffel-Tomaten-Zucchini-Gratin

Zutaten
750 g Kartoffeln
4 Tomaten
250 g Zucchini
250 g Mozzarella
Butter für die Form
Salz
Pfeffer aus der Mühle
Basilikum
Oregano

Zubereitung

1 Kartoffeln schälen, waschen und je nach Größe in ca. 20 Minuten gar kochen.

2 In der Zwischenzeit Tomaten und Zucchini waschen und putzen.

3 Mozzarella in ca. 1 cm breite Streifen schneiden.

4 Kartoffeln, Zucchini und Tomaten in dünne Scheiben schneiden.

5 Eine Auflaufform buttern und Kartoffel-, Zucchini- und Tomatenscheiben in bunter Reihenfolge in die Form einschichten.

6 Gratin salzen, pfeffern und mit Basilikum sowie Oregano würzen. Ca. 20 Minuten im vorgeheizten Ofen bei 225 Grad garen.

7 Kurz herausnehmen, mit Mozzarellastreifen belegen und weitere 3–4 Minuten überbacken, bis der Mozzarella leicht zerläuft.

EW	F	KH	kcal/kJ
19 g	12 g	32 g	318/1330

Schikoreeauflauf

Zutaten
4 Stauden Schikoree
125 g Camembert
200 g Schinken in Scheiben
200 g Sahne
2 Eier
Salz
weißer Pfeffer
1 EL Butter für die Form
1 EL Petersilie, fein gehackt

Zubereitung

1 Schikoreestauden gut waschen, halbieren und vom Strunk befreien. Den Camembert in dünne Scheiben schneiden.

2 Schinken grob in Streifen schneiden, Sahne mit den Eiern verquirlen und mit Salz sowie Pfeffer würzen.

3 Eine feuerfeste Auflaufform mit Butter ausstreichen.

4 Schikoreehälften in die Form geben und Sahne-Eier-Masse dazugeben.

5 Schikoree mit Schinkenscheiben belegen und ca. 20 Minuten im vorgeheizten Backofen bei 200 Grad garen, bis die Masse stockt.

6 Schikoreeauflauf herausnehmen, mit Camembertscheiben belegen und kurze Zeit weiter überbacken, bis der Camembert leicht zerläuft.

7 Mit Petersilie garniert servieren.

EW	F	KH	kcal/kJ
23 g	36 g	5 g	443/1853

TIPP

Der Camembert ist eine Spezialität aus der Normandie. Heute gibt es weit über hundert verschiedene Sorten des Camembert. Typisch ist jedoch für alle Sorten der zarte Schmelz und die weiche, weiß-gelbliche Rinde.

Zutaten
750 g Kartoffeln, vorgekocht
Butter für die Form
150 g Lauch, geputzt, gewaschen, ca. 10 Minuten gekocht
150 g saure Sahne
1 Ei
50 ml Milch
Salz, Pfeffer
Muskat
50 g Emmentaler, gerieben

Kartoffel-Lauch-Gratin

Zubereitung

1 Kartoffeln in Scheiben schneiden, in eine gebutterte Form legen.

2 Lauch längs halbieren, die Hälften in mundgerechte Stücke schneiden und auf die Kartoffeln legen.

3 Saure Sahne mit Ei und Milch gut verquirlen, mit Salz, Pfeffer und Muskat würzen. Geriebenen Emmentaler zugeben und die Masse über die Kartoffeln gießen.

4 Gratin bei 220 Grad im vorgeheizten Backofen 10–15 Minuten überbacken.

EW	F	KH	kcal/kJ
10 g	19 g	14 g	269/1124

Zutaten
1/2 Baguette
1 Knoblauchzehe
5 EL Olivenöl
500 g Zucchini
40 g Margarine
30 g Mehl
1/2 l Milch
100 g Schmelzkäse mit Kräutern
Salz
Pfeffer
Muskatnuss, gerieben
50 g Emmentaler
1 Bd. Basilikum

Brot-Zucchini-Auflauf

Zubereitung

1 Baguette in dünne Scheiben schneiden.

2 Knoblauchzehe pellen, fein hacken und mit dem Olivenöl verrühren.

3 Brotscheiben nebeneinander auf ein Backblech legen, mit dem Knoblauchöl bestreichen und im vorgeheizten Backofen bei 200 Grad 8–10 Minuten goldbraun rösten.

4 Zucchini putzen, waschen und in dünne Scheiben schneiden.

5 Margarine erhitzen. Mehl hineingeben und beides anschwitzen. Unter Rühren mit Milch ablöschen und alles kurz aufkochen.

6 Schmelzkäse in die Sauce geben und darin schmelzen lassen. Mit Salz, Pfeffer und Muskat kräftig abschmecken.

7 Emmentaler mit einer Reibe fein raspeln.

8 Baguettescheiben mit den Zucchinis in eine Quicheform (ø 26 cm) setzen. Käsesauce gleichmäßig darüber verteilen und mit geriebenem Emmentaler bestreuen. Im vorgeheizten Backofen bei 200 Grad ca. 35 Minuten goldbraun überbacken.

9 Vor dem Servieren mit Basilikumblättchen bestreuen.

EW	F	KH	kcal/kJ
16 g	39 g	41 g	590/2468

TIPP

Servieren Sie dazu einen halbtrockenen Riesling oder einen trockenen Weißburgunder.

Zucchiniauflauf

Zutaten
4 kleine Zucchini
4 Schalotten
2 EL Butter
2 TL Knoblauch Würzpaste (z. B. von Fuchs)
Salz
4 Eier
500 g Sahnequark
3 TL Kräuterquark
1 TL Thymian, gerebelt
1 Msp. Muskatnuss
6 TL Sesamsaat
1 Frühlingszwiebel

Zubereitung

1 Zucchini waschen, putzen und in Scheiben schneiden.

2 Schalotten abziehen, fein würfeln. Butter in einer beschichteten Pfanne erhitzen, Schalottenwürfel darin glasig andünsten. Zucchinischeiben und Knoblauch-Würzpaste zugeben, kurz mitdünsten, leicht salzen und abkühlen lassen.

3 Backofen auf 200 Grad vorheizen. Eier trennen, Quark und Eigelb verrühren und mit Kräuterquark, Thymian, Muskatnuss und Salz kräftig abschmecken.

4 Sesamsaat in einer Pfanne ohne Öl rösten.

5 Eiweiß mit dem Handrührgerät sehr steif schlagen und mit 5 TL Sesam unter die Quarkcreme rühren. Zucchinischeiben unterheben, Masse in eine kleine Auflaufform geben und bei 200 Grad ca. 20 Minuten überbacken.

6 Frühlingszwiebel putzen, gründlich waschen und in feine Ringe schneiden.

7 Den Zucchiniauflauf mit restlichem Sesam und Frühlingszwiebeln garniert servieren.

EW	F	KH	kcal/kJ
22 g	44 g	10 g	526/2178

Champignon-Zucchini-Auflauf

Zutaten
4 kleine Zucchini
1 rote Paprikaschote
300 g Champignons
etwas Fett zum Anschwitzen und Einfetten
1 Topf Basilikum
4 Eier
1/4 l Milch
150 g Crème fraîche
1 Knoblauchzehe
Salz
Pfeffer
Muskat
100 g mittelalter Gouda, gerieben

Zubereitung

1 Zucchini gründlich waschen, Stielenden entfernen, längs in 1/2 cm dicke Scheiben schneiden.

2 Paprika putzen, Stielende und Kerngehäuse entfernen und in dünne Streifen schneiden.

3 Champignons trocken abreiben und in dicke Scheiben schneiden.

4 In einer Pfanne mit wenig Fett die Champignons kurz anschwitzen, ebenso die Zucchinischeiben.

5 Basilikumblätter in feine Streifen schneiden.

6 Eier mit Milch und Crème fraîche kräftig verschlagen, mit zerdrücktem Knoblauch, Salz, Pfeffer und Muskat nach Belieben würzen.

7 Zuletzt Basilikumstreifen unterrühren.

8 Eine Auflaufform einfetten und Champignons, Zucchini und Paprika abwechselnd einschichten. Die Eiermilch darüber geben und mit dem geriebenen Käse bestreuen.

9 Im vorgeheizten Backofen bei 200 Grad ca. 30 Minuten backen.

EW	F	KH	kcal/kJ
22 g	36 g	17 g	480/2018

Kartoffelauflauf

Zutaten
50 g durchwachsener Speck
500 g Kartoffeln
200 g Frühlingszwiebeln
2 Möhren
300 g Jogurt
1/2 l Milch
2 Eier
2 Bd. Schnittlauch
6 gehäufte EL helle Mehlschwitze (Fertigprodukt)
Salz
Pfeffer
Fett für die Form
60 g Hartkäse (z. B. Emmentaler), gerieben

Zubereitung

1 Speck würfeln, Kartoffeln schälen, waschen und in feine Scheiben schneiden.

2 Frühlingszwiebeln und Möhren putzen und waschen, Zwiebeln in Ringe schneiden und Möhren grob raffeln.

3 Jogurt, Milch und Eier mit dem Schneebesen gut verrühren.

4 Schnittlauch in Röllchen schneiden, mit Mehlschwitze hinzufügen und unterrühren. Mit Salz und Pfeffer würzen.

5 Speck, Kartoffeln und Gemüse mit Eier-Milch-Mischung vermengen und alles in eine gefettete Auflaufform füllen. Käse darüber streuen und im vorgeheizten Ofen bei 175–200 Grad 50–60 Minuten backen.

EW	F	KH	kcal/kJ
20 g	27 g	39 g	499/2097

Kerniges Mangoldgratin

Zutaten
1 kg Mangold
Salz
50 g kernige Haferflocken
Cayennepfeffer
Butter für die Form
100 g Roquefortkäse
80 ml Milch
80 g Sahne
schwarzer Pfeffer aus der Mühle

Zubereitung

1 Mangold putzen, Blätter von den Stielen trennen. Stiele 8 Minuten und Blätter ca. 2 Minuten in kochendem Salzwasser blanchieren. Gut abtropfen lassen.

2 Haferflocken in einer beschichteten Pfanne ohne Fett rösten. Mit Salz und Cayennepfeffer würzen.

3 Eine flache Gratinform fetten. Mangoldstiele und -blätter in die Form legen. Roquefort darüber bröseln.

4 Backofen vorheizen. Milch und Sahne verrühren. Mit Salz, schwarzem Pfeffer und Cayennepfeffer kräftig abschmecken. Die Sauce über das Gemüse gießen und mit gerösteten Haferflocken bestreuen.

5 Auf mittlerer Einschubleiste im vorgeheizten Backofen bei 200 Grad ca. 30 Minuten überbacken.

EW	F	KH	kcal/kJ
15 g	16 g	11 g	248/1042

Kürbisgratin

Zutaten
500 g Kürbisfleisch
1/4 l Cidre (oder Apfelsaft)
3 Scheiben frischer Ingwer
1 Gewürznelke
Salz
2 mittelgroße Zucchini
15 g Butter
Zitronenpfeffer
60 g Sonnenblumenkerne
Butter für die Förmchen
200 g Crème fraîche
4 Eigelb
weißer Pfeffer

Zubereitung

1 Kürbisfleisch in 1 cm große Würfel schneiden. Cidre mit 2 Ingwerscheiben, der Nelke und wenig Salz erhitzen. Den Kürbis darin in 5–10 Minuten bissfest garen. In einem Sieb abtropfen lassen, Nelke und Ingwer entfernen.

2 Zucchini waschen, in je 4 gleich große Stücke schneiden. Die Stücke der Länge nach achteln.

3 Butter erhitzen, Zucchini, 5 EL Wasser, Zitronenpfeffer und Salz dazugeben. 5 Minuten köcheln, abtropfen lassen.

4 Sonnenblumenkerne ohne Fettzugabe rösten. 4 Gratinformen (Durchmesser 15 cm) ausbuttern. Den Backofen auf 225 Grad vorheizen.

5 Crème fraîche mit Eigelb, Pfeffer und Salz verrühren, die restliche Ingwerscheibe zerdrückt dazugeben. Kürbisstücke auf der einen Seite der Gratinform, Zucchinispalten, mit der Schale nach oben, auf der anderen Seite einschichten.

6 Sonnenblumenkerne über das Gemüse geben und mit Crème fraîche begießen. 15 Minuten auf mittlerer Einschubleiste gratinieren.

EW	F	KH	kcal/kJ
10 g	35 g	19 g	440/1852

Nudelaufläufe

Lachs-Spinat-Lasagne (Abb. S. 57)

Zutaten
500 g Lachsfilet
1 Knoblauchzehe
6 EL Sahne
400 g Bandnudeln
Salz
70 g Butter
70 g Mehl
1 l Milch
400 g Blattspinat (tiefgekühlt)
Pfeffer
Muskat
Fett für die Form
125 g Mozzarella, geraspelt

Zubereitung

1 Lachsfilet waschen, trockentupfen und der Länge nach in 3–4 Scheiben schneiden.

2 Knoblauchzehe durchpressen, mit 4 EL Sahne über den Fisch geben und 1 Stunde marinieren.

3 Bandnudeln in reichlich kochendem Salzwasser bissfest kochen. Abgießen und abtropfen lassen.

4 Aus 50 g Butter, Mehl und Milch eine Béchamelsauce herstellen.

5 Restliche Butter in einem Topf schmelzen, Spinat zufügen, auftauen lassen. Mit restlicher Sahne, Salz, Pfeffer und Muskat abschmecken.

6 In eine gefettete Auflaufform abwechselnd Nudeln, Spinat und Lachs einschichten und über jede Schicht Bèchamelsauce gießen, den geraspelten Mozzarella darüber geben. Bei 200 Grad ca. 20 Minuten überbacken.

EW	F	KH	kcal/kJ
26 g	17 g	49 g	475/1988

Nudel-Paprika-Auflauf

Zutaten
250 g Nudeln (z. B. Fusilli)
Salz
2 Zwiebeln
2 rote Paprikaschoten
2 Zucchini
200 g gemischtes Hackfleisch
2 EL Olivenöl
4 Würfel italienische Kräuterlinge
Fett für die Form
250 g Mozzarella

Zubereitung

1 Nudeln in reichlich kochendem Salzwasser bissfest garen.

2 Zwiebeln schälen und in feine Würfel hacken. Paprikaschoten waschen, halbieren, Stielansatz entfernen, entkernen und Fruchtfleisch würfeln. Zucchini putzen, waschen und ebenfalls würfeln.

3 Hackfleisch in heißem Olivenöl kurz anbraten. Kräuterwürfel zugeben und mitbraten. 2 EL Wasser zufügen und Kräuterlinge darin auflösen.

4 Eine Auflaufform gut mit Butter ausstreichen.

5 Abgetropfte Nudeln untermengen und alles in die Auflaufform füllen.

6 Mozzarella in Scheiben schneiden und über dem Auflauf verteilen.

7 Im vorgeheizten Ofen bei 200 Grad in ca. 20 Minuten goldbraun backen.

EW	F	KH	kcal/kJ
34 g	31 g	54 g	688/2876

Nudel-Gemüse-Gratin

Zubereitung

1 Nudeln in reichlich kochendes Salzwasser geben und 6–8 Minuten sprudelnd kochen. Dann abgießen, abschrecken und gut abtropfen lassen.

2 Brokkoli und Möhren waschen und putzen. Brokkoli in Röschen zerteilen, Möhren in Scheiben schneiden. Brokkoli, Möhren und Erbsen in kochendem Salzwasser 5 Minuten blanchieren. Abgießen, abschrecken und abtropfen lassen.

3 Eine feuerfeste Form mit Butter ausstreichen, Bandnudeln und Gemüse abwechselnd in die Form einschichten, mit einer Nudelschicht abschließen.

4 Für die Sauce Butter erhitzen, Mehl darin hell anschwitzen. Topf vom Herd nehmen, Milch einrühren und die Masse zum Kochen bringen. Alles klumpenfrei verrühren, dabei die kalte Brühe hinzugießen und die Würzzutaten unterrühren. Sauce 10 Minuten unter Rühren köcheln lassen, dann abkühlen lassen. Die Eier kräftig unterschlagen, Dickmilch unterziehen.

5 Sauce gleichmäßig auf der Nudelmasse verteilen. Gratin bei 200 Grad im vorgeheizten Backofen 30–35 Minuten backen.

EW	F	KH	kcal/kJ
33 g	19 g	112 g	748/3156

Zutaten

500 g gedrehte Bandnudeln
Salz
200 g Brokkoli
200 g Möhren
200 g Erbsen (tiefgekühlt)
Butter für die Form
25 g Butter
50 g Mehl
125 ml Milch
250 ml Fleischbrühe (Instant)
Pfeffer
Muskat
3 Eier
200 ml Dickmilch

Überbackene Tortellini

Zutaten
je 1 rote, gelbe und grüne Paprikaschote
400 g Tortellini
Salz
100 g Parmesan
300 g Sahne
4 Eigelb
Muskat
schwarzer Pfeffer aus der Mühle
etwas Fett für die Form

Zubereitung

1 Paprikaschoten waschen, halbieren, entkernen und in kleine Würfel schneiden.

2 Tortellini und Paprika in reichlich Salzwasser 2–4 Minuten köcheln lassen. Die fertig gegarten Tortellini schwimmen an der Oberfläche. In ein Sieb geben und abtropfen lassen.

3 Frischen Parmesan mit einer Käsereibe grob hobeln.

4 Sahne mit Eigelb und 25 g geriebenem Parmesankäse verrühren, mit Muskat, Salz und Pfeffer herzhaft würzen.

5 Tortellini und Paprika in eine gefettete Auflaufform füllen und die Sahne-Käse-Sauce darüber gießen.

6 Im vorgeheizten Backofen bei 225 Grad 10 Minuten backen. Restlichen Käse darauf streuen und weitere 5–10 Minuten überbacken.

EW	F	KH	kcal/kJ
30 g	41 g	94 g	870/3680

Spinatlasagne

Zubereitung

1 Zwiebel und Knoblauchzehe schälen, klein schneiden und mit Butter in einer Pfanne anbraten.

2 Spinat auftauen lassen, klein schneiden und dazugeben. 5 Minuten dünsten und mit Salz, Pfeffer und Muskatnuss abschmecken.

3 Tomaten waschen, halbieren, Stielansatz mit einem Messer und Kerne mit einem Teelöffel entfernen und Fruchtfleisch würfeln.

4 Knapp 1/4 l Wasser zum Kochen bringen, Suppenwürfel darin auflösen und Brühe dann abkühlen lassen. Sahne, Crème fraîche und Parmesan in die Brühe rühren.

5 Lasagneblätter abwechselnd mit Spinat, Tomatenwürfeln und Sahnesauce in eine Auflaufform schichten. Erste und letzte Schicht sind jeweils Sauce.

6 Lasagne mit Kürbiskernen bestreuen und im Ofen bei 180 Grad zugedeckt 30 Minuten backen. Deckel abnehmen und weitere 20 Minuten offen backen.

EW	F	KH	kcal/kJ
16 g	10 g	76 g	480/2005

Zutaten

1 Zwiebel
1 Knoblauchzehe
2 EL Butter
2 Packungen Blattspinat à 300 g (tiefgekühlt)
Salz
Pfeffer
Muskatnuss
3 Fleischtomaten
1 Würfel klare Suppe mit Suppengrün
250 g Sahne
250 g Crème fraîche
80 g Parmesan
300 g Lasagneblätter
25 g Kürbiskerne, geschält

TIPP

Sie können den Nudelteig auch selbst herstellen. Verkneten Sie dazu 150 g zarte Haferflocken mit 150 g Weizenmehl, 2 Eiern, 1 Eigelb, 4 EL Öl, 1/2 TL Salz und 3 EL Wasser. Den Teig in Klarsichtfolie einwickeln und 30 Minuten im Kühlschrank ruhen lassen. Aus dem Teig möglichst dünne Platten rollen und in Stücke schneiden.

Zutaten
700 g Fischfilet (z. B. Kabeljau, Rotbarsch, Steinbutt)
300 g Krabben
Saft von 1 Zitrone
3 EL gemischte Kräuter (z. B. Petersilie, Basilikum, Schnittlauch), gehackt
Pfeffer
300 g Frühlingszwiebeln
3 Knoblauchzehen
3 EL Olivenöl
400 g Tomaten
Salz
500 ml Béchamelsauce (Fertigprodukt)
ca. 200 g Lasagneplatten
80 g Parmesan, gerieben

Meeresfrüchtelasagne

Zubereitung

1 Fischfilets und Krabben kurz waschen und trockentupfen. Fisch in ca. 2 cm große Stücke schneiden. Mit Zitronensaft, Kräutern und Pfeffer marinieren.

2 Zwiebeln putzen, waschen und in Ringe schneiden. Knoblauch schälen und fein hacken. Zwiebeln und Knoblauch in heißem Öl 5 Minuten dünsten.

3 Tomaten mit kochendem Wasser überbrühen, häuten und achteln. Tomatenspalten unter die Frühlingszwiebeln mischen, mit Salz und Pfeffer abschmecken.

4 Etwas Béchamelsauce in eine Lasagneform geben.

5 Abwechselnd Lasagneplatten, Zwiebel-Tomaten-Gemüse, Fisch, Krabben und Parmesan einfüllen. Jede Schicht mit Salz und Pfeffer würzen und mit Béchamelsauce begießen. Die oberste Schicht sollte aus Sauce und dem restlichen Parmesan bestehen.

6 Lasagne mit Alufolie abdecken, im vorgeheizten Ofen bei 200 Grad 30 Minuten bedeckt und 15 Minuten offen backen.

EW	F	KH	kcal/kJ
37 g	23 g	39 g	548/2294

Rigatoni mit buntem Gemüse

Zutaten
300 g Rigatoni
Salz
je 1 rote und grüne Paprikaschote
je 1 kleine grüne und gelbe Zucchini
80 g Zuckerschoten
1 Zwiebel
1 Knoblauchzehe
1 rote Peperoni
300 g Tomaten
3 EL Olivenöl
1/8 l Gemüsebrühe (Instant)
weißer Pfeffer aus der Mühle
2 EL gemischte Kräuter, gehackt
Fett für die Form
50 g Butter
250 g Mozzarella, in Scheiben geschnitten
1 EL Petersilie, gehackt

Zubereitung

1 Nudeln in reichlich Salzwasser »al dente« kochen, kalt abschrecken und abtropfen lassen.

2 Paprikaschoten waschen, halbieren, Kerne und weiße Innenhäute entfernen und in Streifen schneiden. Zucchini waschen und in ca. 1/2 cm dicke Scheiben schneiden.

3 Zuckerschoten waschen und trockentupfen. Zwiebel und Knoblauchzehe schälen und fein hacken. Peperoni waschen, halbieren, entkernen und in feine Streifen schneiden.

4 Anschließend die Hände waschen. Tomaten in kochendem Wasser kurz blanchieren, häuten, vierteln und entkernen.

5 Knoblauch und Zwiebel in Öl andünsten, Paprika, Zucchini und Zuckerschoten zugeben. Brühe angießen und zugedeckt 5 Minuten dünsten. Peperoni und Tomaten zugeben, nochmals abschmecken und weitere 2 Minuten dünsten.

6 Nudeln unter das Gemüse mischen, mit Salz, Pfeffer und Kräutern bestreuen. In eine gebutterte Form füllen, mit Mozzarella und Butterflöckchen belegen und bei 190 Grad auf der mittleren Schiene 15–20 Minuten überbacken.

7 Vor dem Servieren mit Petersilie bestreuen.

EW	F	KH	kcal/kJ
29 g	33 g	57 g	640/2670

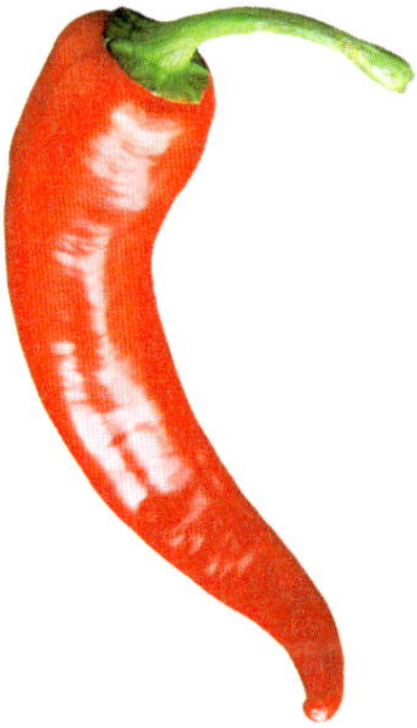

Vegetarische Cannelloni

Zutaten
150 g Spinat (tiefgekühlt)
2 Zwiebeln
3 Knoblauchzehen
2 Bd. Basilikum
100 g Pinienkerne
200 g Parmesan
6 EL Olivenöl
Salz
250 g Cannelloni
1 große Dose Tomaten
200 g Crème fraîche
1 Prise Zucker
Pfeffer
150 g Mozzarella, gewürfelt
1 EL Butter

Zubereitung

1 Für die Füllung Spinat auftauen lassen. Zwiebeln und Knoblauchzehen schälen. 1 Zwiebel und die Knoblauchzehen ganz fein hacken.

2 Gewaschenes Basilikum, Spinat, Pinienkerne, zerbröckelten Parmesan und 4 EL Olivenöl zu einer glatten Masse verarbeiten und mit Salz abschmecken.

3 Cannelloni mit der Spinatmasse füllen und nebeneinander in eine ofenfeste Form mit niedrigem Rand legen.

4 Die zweite Zwiebel hacken und im restlichen Öl glasig braten. Tomaten mit Flüssigkeit und Crème fraîche zugeben und bei starker Hitze unter ständigem Rühren dickflüssig einkochen lassen. Mit Salz, Zucker und Pfeffer abschmecken und über die Cannelloni gießen.

5 Mit gewürfeltem Mozzarella und Butterflöckchen belegen. Im vorgeheizten Backofen bei 220 Grad ca. 45 Minuten überbacken, bis die Kruste schön braun ist.

EW	F	KH	kcal/kJ
39 g	60 g	54 g	907/3811

Gratin mit Spiralnudeln

Zutaten
250 g Spiralnudeln
Salz
150 g Möhren
1 große Zwiebel
1 EL Butter
150 g Erbsen (tiefgekühlt)
250 g gekochter Schinken in dickeren Scheiben
etwas Fett für die Form
250 g Magerquark
150 g Crème fraîche
2 Eier
schwarzer Pfeffer aus der Mühle
1 TL Thymian

Zubereitung

1 Nudeln in kochendem Salzwasser nach Packungsanleitung garen und gut abtropfen lassen.

2 Möhren und Zwiebel schälen, beides in kleine Würfel schneiden und in heißer Butter bei milder Hitze 5 Minuten dünsten.

3 Erbsen in kochendem Salzwasser kurz blanchieren, eiskalt abschrecken und abtropfen lassen. Schinken in kleine Würfel schneiden.

4 Eine Auflaufform einfetten. Magerquark mit Crème fraîche und Eiern in einer großen Schüssel verrühren. Kräftig mit Salz, Pfeffer und Thymian würzen.

5 Alle Zutaten mit der Sauce vermengen, in die Auflaufform füllen und im vorgeheizten Backofen bei 180 Grad 30 Minuten garen.

EW	F	KH	kcal/kJ
36 g	34 g	56 g	695/2925

Makkaroni-Gemüse-Auflauf

Zutaten
200 g Makkaroni
Salz
1 große Zucchini
1 Aubergine
4 Tomaten
25 g Margarine
1 EL Mehl
3/8 l Milch
200 g Sahne-Schmelzkäse
weißer Pfeffer
Muskat
4 EL Emmentaler, gerieben

Zubereitung

1 Makkaroni in kochendem Salzwasser »al dente« garen.

2 Gemüse putzen, waschen und in ca. 1/2 cm dicke Scheiben schneiden.

3 Zucchini- und Auberginenscheiben in Salzwasser kurz blanchieren.

4 Margarine in einem Topf erhitzen. Mehl darüber stäuben und anschwitzen. Unter Rühren mit der Milch ablöschen. Sauce kurz aufkochen lassen, Schmelzkäse darin auflösen und mit Salz, Pfeffer und Muskat abschmecken.

5 Makkaroni und Gemüse in eine feuerfeste Form schichten. Gemüse leicht salzen. Käsesauce darüber gießen und zum Schluss mit Emmentaler bestreuen.

6 Den Makkaroni-Gemüse-Auflauf im vorgeheizten Backofen bei 200 Grad 20–25 Minuten backen, bis der Käse goldbraun ist.

EW	F	KH	kcal/kJ
22 g	23 g	50 g	492/2071

TIPP
Reichen Sie dazu einen Bardolino. Dieser trockene bis halbtrockene Tischwein kann bereits sechs Wochen nach der Ernte genossen werden; er bedarf keiner langen Lagerung.

Zutaten
1 mittelgroße Zucchini
2 Fleischtomaten
1 Gemüsezwiebel
400 g Gnocchi
(aus dem Kühlregal)
Margarine für die Form
Salz
Pfeffer,
frisch gemahlen
1 TL Oregano
200 g Sahne

TIPP
Achten Sie beim Kauf der Zucchini auf eine feste unversehrte Schale ohne Dellen.

Gnocchigratin »Italia«

Zubereitung

1 Zucchini und Tomaten waschen, putzen und in Scheiben schneiden. Gemüsezwiebel abziehen und in feine Ringe schneiden.

2 Gnocchi mit Zucchini, Tomaten und Zwiebelringen in eine gefettete Auflaufform schichten. Mit Salz, Pfeffer und Oregano bestreuen. Sahne über den Auflauf geben.

3 Im vorgeheizten Backofen bei 175 Grad ca. 45 Minuten backen.

EW	F	KH	kcal/kJ
13 g	120 g	17 g	805/2651

Zutaten
300 g Spinat
250 g Tomaten
1 Zwiebel
1 Knoblauchzehe
300 g Makkaroni
Salz, 3 EL Olivenöl
weißer Pfeffer
aus der Mühle
4 rohe grobe Bratwürste
250 g Mozzarella
Fett für die Form
40 g Butter
1 EL Petersilie,
gehackt

Makkaroni mit Fleischbällchen

Zubereitung

1 Spinat gründlich verlesen, die dicken Stiele entfernen, waschen und gut abtropfen lassen.

2 Tomaten blanchieren, häuten, vierteln, entkernen und die Stielansätze herausschneiden. Tomatenviertel in größere Würfel zerteilen. Zwiebel und Knoblauch schälen und fein hacken.

3 Makkaroni in reichlich Salzwasser bissfest kochen, gut abtropfen lassen. Olivenöl in einer Kasserolle erhitzen und die Zwiebel und den Knoblauch kurz andünsten. Abgetropften Spinat zugeben und umrühren. Mit Salz und Pfeffer würzen und Tomatenwürfel zugeben.

Makkaroni mit Fleischbällchen (Fortsetzung)

4 Bratwurstmasse aus den Würsten drücken und 16 Klößchen formen. In siedendem Salzwasser 5 Minuten ziehen lassen. Herausnehmen und abtropfen lassen.
5 Mozzarella in Scheiben schneiden und mit den Nudeln und den Klößchen unter den Spinat mischen. Eine feuerfeste Form mit etwas Butter ausstreichen, Spinatnudeln hineingeben und mit Butter belegen.
6 Im vorgeheizten Backofen bei 200 Grad auf der mittleren Schiene ca. 15 Minuten backen. Mit der Petersilie bestreuen und heiß servieren.

EW	F	KH	kcal/kJ
32 g	47 g	60 g	790/3290

Schneller Nudelauflauf mit Tomatencreme

Zutaten
1 kg Nudeln, gekocht
2 TL Butter für die Form
Salz
2 Dosen Tomatencremesuppe (Fertigprodukt)
100 g Edamer, gerieben
1 Bd. Basilikum

Zubereitung
1 Nudeln in eine gefettete Auflaufform geben, leicht salzen. Tomatencremesuppe gleichmäßig darüber gießen. Käse darauf verteilen, Nudelauflauf unter dem Mikrowellengrill ca. 7 Minuten überbacken und mit Basilikumstreifen bestreut servieren.

EW	F	KH	kcal/kJ
20 g	20 g	76 g	572/2395

Nudelgratin »Siena«

Zutaten
300 g Brokkoli
1 kleiner Blumenkohl
Salz
250 g Penne
4 Tomaten
250 g Mozzarella
Butter für die Form
200 g Sahne
2 Eier
Pfeffer aus der Mühle
Petersilie,
fein gewiegt

Zubereitung

1 Gemüse waschen und putzen. Brokkoli und Blumenkohl in Salzwasser ca. 8 Minuten garen, herausnehmen und abtropfen lassen.

2 Gleichzeitig Penne in kochendem Salzwasser ca. 7 Minuten »al dente« garen, abgießen und abtropfen lassen.

3 Tomaten in kleine Würfel, Mozzarella in Scheiben schneiden. Blumenkohl und Brokkoli in kleine Röschen zerteilen.

4 Eine Auflaufform buttern und einen Großteil der Nudeln hineingeben. Darauf als zweite Schicht bunt gemischtes Gemüse geben und die restlichen Penne obenauf verteilen. Sahne mit Eiern, Salz und Pfeffer verquirlen und über das Gratin geben.

5 Ca. 20 Minuten im vorgeheizten Ofen bei 225 Grad garen, kurz herausnehmen, mit Mozzarellascheiben belegen und weitere 3–4 Minuten überbacken, bis der Mozzarella leicht zerläuft. Mit fein gewiegter Petersilie garniert servieren.

EW	F	KH	kcal/kJ
30 g	47 g	53 g	755/3159

Bunter Auflauf

Zutaten
je 100 g gelbe und grüne Bandnudeln
Salz
1 EL Speiseöl
750 g Fleischtomaten
250 g gekochter Schinken am Stück
3 Eier
150 g Crème fraîche
4 EL Milch
Pfeffer
1 Bd. Schnittlauch
1/2 Bd. glatte Petersilie
Fett für die Form
400 g Magerquark
6 EL gemischte Kräuter, gehackt
3–4 EL Sahne

Zubereitung

1 Bandnudeln in kochendem Salzwasser mit Öl bissfest garen und auf einem Sieb abtropfen lassen.

2 Tomaten kurz blanchieren, abschrecken, enthäuten und in Scheiben schneiden.

3 Schinken würfeln, mit Eiern, Crème fraîche und Milch verrühren. Salzen und pfeffern. Kräuter fein schneiden oder hacken.

4 Eine Auflaufform ausfetten, eine Schicht Tomatenscheiben hineinlegen, mit Salz, Pfeffer, etwas Schnittlauch und Petersilie bestreuen. Die Hälfte der Schinkenwürfel, Nudeln und restliche Tomaten einschichten. Mit Kräutern bestreuen und die restliche Eier-Schinken-Mischung darüber geben. Etwas glatt streichen und im vorgeheizten Backofen bei 200 Grad ca. 40 Minuten backen.

5 Inzwischen Quark mit den gehackten Kräutern und der Sahne verrühren, auf den fertigen Auflauf geben oder extra dazureichen.

EW	F	KH	kcal/kJ
23 g	28 g	36 g	504/2117

Zutaten
ca. 600 g Gemüse (z. B. Möhren, Zucchini, Stangensellerie)
2 EL Olivenöl
Salz
Pfeffer, frisch gemahlen
italienische Kräuter
Fett für die Form
9 Lasagneplatten
200 g Tomaten, gewürfelt
125 g Mozzarella (z. B. von Galbani)
150 g Gorgonzola
100 g Frischkäse
300 ml Milch
2–3 EL heller Saucenbinder
1 EL Basilikumblättchen, gehackt

Lasagne »Verdure«

Zubereitung

1 Gemüse putzen, waschen, evtl. schälen und dann in dünne Scheiben schneiden. Gemüsescheiben in erhitztem Öl anbraten und mit Salz, Pfeffer und Kräutern abschmecken.

2 In eine gefettete Auflaufform abwechselnd Lasagneplatten, Tomaten und gedünstetes Gemüse einschichten. Backofen auf 180 Grad vorheizen.

3 Für die Sauce Mozzarella abtropfen lassen und mit Gorgonzola würfeln. 100 g Gorgonzola mit Frischkäse und Milch erhitzen, mit Saucenbinder andicken sowie mit Basilikumblättchen und Pfeffer abschmecken.

4 Sauce auf der Lasagne verteilen, mit dem restlichen Gorgonzola und Mozzarella belegen, 35–45 Minuten goldbraun backen und nach Wunsch mit Basilikumblättchen garniert servieren.

EW	F	KH	kcal/kJ
26 g	41 g	35 g	622/2599

TIPP

Gorgonzola ist ein italienischer Weichkäse. Dieser Edelschimmelkäse wird aus Kuhmilch gewonnen. Er ist cremeweiß und von bläulich-grünen Adern durchzogen.

Spagettigratin

Zutaten
2 Frühlingszwiebeln
100 g Möhren
100 g Stangensellerie
100 g Lauch
100 g Steinpilze oder Champignons
1 Knoblauchzehe
80 g roher durchwachsener Speck
40 g Butter
80 ml Weißwein
Salz
weißer Pfeffer aus der Mühle
300 g Spagetti
2 EL Petersilie, gehackt
150 g Sahne
2 Eier
250 g Mozzarella

Zubereitung

1 Gemüse und Pilze putzen und klein schneiden. Knoblauch schälen und fein hacken, Speck würfeln.

2 Pilze 2–3 Minuten mit 30 g Butter in einer großen Pfanne anbraten. Pilze herausnehmen. Speck, Frühlingszwiebeln und Knoblauch zugeben und kurz anbraten. Restliches Gemüse dazugeben und ebenfalls kurz anbraten. Mit Weißwein ablöschen, salzen, pfeffern und zugedeckt ca. 8 Minuten dünsten.

3 Spagetti in Salzwasser »al dente« kochen. Abtropfen lassen, zum Gemüse geben.

4 Petersilie und die zurückgelegten Steinpilze hinzufügen und alles gut mischen.

5 Spagetti in 4 gebutterte Auflaufförmchen füllen. Sahne mit Eiern, Salz und Pfeffer verquirlen. Mozzarella in Würfel schneiden, mit Sauce über die Nudeln geben.

6 Gratin im vorgeheizten Backofen bei 190 Grad 15–20 Minuten überbacken.

EW	F	KH	kcal/kJ
26 g	17 g	49 g	475/1988

Nudelauflauf mit Wirsing

Zutaten
250 g Hörnchennudeln
Salz
2 EL Öl
500 g Wirsing
1/8 l Fleischbrühe
1 Zwiebel
1/2 TL Curry
30 g Butter
200 g Mettwurst, gewürfelt
4 Eier
250 g Sahne
Pfeffer
150 g mittelalter Gouda, gerieben
1 große Tomate
1 TL Schnittlauchröllchen

Zubereitung

1 Nudeln in reichlich kochendem Salzwasser mit Öl bissfest garen, abtropfen lassen.

2 Wirsing putzen, dicke Rippen herausschneiden und waschen. In mundgerechte Stücke schneiden und in Fleischbrühe mit Zwiebelwürfeln und Curry 10 Minuten garen, kalt abspülen und abtropfen lassen.

3 Feuerfeste Form mit 10 g Butter einfetten. Nudeln, Wirsing und Mettwurst mischen und in die Form füllen. Eier mit Sahne verquirlen, salzen, pfeffern und 2/3 des Käses darunter mischen.

4 Sauce über den Auflauf gießen. Restlichen Käse und Butterflöckchen darüber streuen. Im Backofen bei 200 Grad ca. 45 Minuten garen.

5 Tomate blanchieren, häuten, entkernen und würfeln. 3 Minuten vor Ende der Garzeit über den Auflauf streuen. Vor dem Servieren mit Schnittlauchröllchen garnieren.

EW	F	KH	kcal/kJ
2 g	10 g	6 g	132/554

Süße Aufläufe und Gratins

Scharfe Bananenlasagne

(Abb. S. 71)

Zutaten
2 Orangen
1 kleine Papaya
2 Bananen
200 g Erdbeeren
3 Eier
50 g Butter
50 g Zucker
1 Prise Salz
250 g Schmand
500 g Quark
5 EL Milch
2 Päckchen Vanillesaucenpulver zum Kochen à 16 g
Mark von 2 Vanillestangen (z. B. von Ostmann)
1/2–1 TL Zimt, gemahlen
1/4–1/2 TL Chilipulver
ca. 8 Lasagneplatten
2 EL Mandelblättchen

Zubereitung

1 Orangen, Papaya und Bananen schälen, Erdbeeren waschen, Orangen filetieren. Papaya halbieren, Kerne entfernen und mit Bananen und Erdbeeren in Stücke bzw. Scheiben schneiden.

2 Eier trennen. 40 g Butter, Zucker, Eigelb und Salz schaumig schlagen.

3 Schmand, Quark, Milch und Vanillesaucenpulver unterrühren und mit Vanillemark, Zimt und Chilipulver pikant würzen. Eiweiß zu steifem Schnee schlagen und unterziehen.

4 Lasagneplatten, Früchte und Quarkcreme schichtweise in eine gefettete Gratinform füllen, mit Quarkcreme abschließen, mit Mandelblättchen bestreuen und im vorgeheizten Backofen bei 175 Grad 30–40 Minuten gratinieren.

5 Lasagne in Stücke schneiden und mit Chilipulver bestäubt servieren.

EW	F	KH	kcal/kJ
28 g	41 g	76 g	788/3305

Bratapfel-Quark-Auflauf

Zutaten
750 g kleine säuerliche Äpfel
Saft und Schale von 1 Zitrone (unbehandelt)
2 EL Erdbeerkonfitüre
Fett für die Form
4 Eier
150 g Zucker
2 Päckchen Vanillinzucker
750 g Quark
1 1/2 Päckchen Vanille-Puddingpulver
2 EL Mandelblättchen
Apfelspalten und Zitronenmelisse zum Garnieren

Zubereitung

1 Äpfel schälen, Kerngehäuse herausschneiden, mit Zitronensaft beträufeln und mit Erdbeerkonfitüre füllen. Äpfel in eine mit Butter gefettete feuerfeste Auflaufform setzen.

2 Eier trennen. Eigelb mit Zucker, Vanillinzucker und Zitronenschale schaumig rühren, dann Quark und Puddingpulver dazugeben.

3 Eiweiß mit dem Handrührgerät schaumig schlagen und unterziehen.

4 Quarkmasse auf die Äpfel streichen und im vorgeheizten Backofen bei 175 Grad ca. 40 Minuten backen.

5 Mandelblättchen in einer Pfanne ohne Fett rösten und über den Auflauf streuen.

6 Nach Wunsch mit Apfelspalten und Zitronenmelisse garniert servieren.

EW	F	KH	kcal/kJ
27 g	34 g	84 g	750/3149

Reisauflauf mit Obst

Zubereitung

1 Reis nach Packungsanweisung in der Milch kochen, Salz zufügen. Reis etwas auskühlen lassen. Eier trennen.

2 Eigelb mit dem Handrührgerät cremig schlagen, 100 g Zucker nach und nach einrieseln lassen und so lange schlagen, bis sich der Zucker gelöst hat. Creme zum Reis geben und unterrühren. Eiweiß steif schlagen und unterheben.

3 Mango schälen und Fruchtfleisch vom Kern lösen, Kiwis schälen und zusammen mit der Mango würfeln. Erdbeeren waschen, putzen und halbieren. Zerkleinerte Früchte mit dem Reis vermischen.

4 Masse in eine gefettete Auflaufform füllen. Mit Mandelblättchen und restlichem Zucker bestreuen, mit Butter- oder Margarineflöckchen belegen.

5 Reisauflauf im vorgeheizten Backofen bei 200 Grad ca. 30 Minuten backen.

EW	F	KH	kcal/kJ
16 g	32 g	83 g	698/2933

Zutaten

125 g Milchreis
3/4 l Milch
1 Prise Salz
3 Eier
160 g Zucker
je 200 g Mango, Kiwis und Erdbeeren
Fett für die Form
60 g Mandelblättchen
60 g Butter oder Margarine

Zutaten
600 g Erdbeeren
30 g Margarine
20 g Zucker
1 gestrichener EL Speisestärke
1 Päckchen Vanillinzucker
4 EL Weinbrand
125 g Sahne
4 Eigelb
1 EL Puderzucker
einige Blättchen Zitronenmelisse

Gratinierte Erdbeeren

TIPP
Gratinierte Erdbeeren nach dem Backen mit gerösteten Mandelblättchen bestreuen.

Zubereitung

1 Erdbeeren waschen, Strunk entfernen, Erdbeeren halbieren und in vier feuerfeste Schälchen schichten.

2 Margarine in einem Pfännchen schmelzen und mit den restlichen Zutaten in eine Rührschüssel geben. Im heißen Wasserbad so lange aufschlagen, bis eine dickliche Creme entstanden ist.

3 Die Masse gleichmäßig über die Erdbeeren verteilen und im vorgeheizten Backofen bei 225 Grad ca. 10 Minuten goldbraun überbacken.

4 Gratinierte Erdbeeren leicht abkühlen lassen und mit gesiebtem Puderzucker bestäuben.

5 Mit Zitronenmelisse garnieren und in den Förmchen lauwarm servieren.

EW	F	KH	kcal/kJ
5 g	23 g	20 g	349/1459

Zutaten
3 Eier, getrennt
75 g Zucker
1 TL natürliches Vanillearoma
Saft und Schale von 1 Zitrone (unbehandelt)
75 g feine Speisestärke
500 g Speisequark (Magerstufe)

Quark-Obst-Auflauf

Zubereitung

1 Eigelb, Zucker und Vanillearoma mit Zitronensaft und -schale in eine Schüssel geben. Speisestärke und Quark zufügen, verrühren.

2 Eiweiß mit einem Handrührgerät steif schlagen und unter die Quarkcreme heben. Die Hälfte der Mischung in eine gut gefettete Auflaufform füllen.

Quark-Obst-Auflauf (Fortsetzung)

Fett für die Form
350 g Früchte (z. B. Aprikosen, Himbeeren, Äpfel) geputzt
40 g Mandeln, gehackt
1–2 EL Butter

3 Obst zerkleinern, auf die Creme schichten und mit der restlichen Masse bedecken. Mandeln darüber streuen, Butter in Flöckchen darauf setzen. Bei 200 Grad in 50–60 Minuten backen.

EW	F	KH	kcal/kJ
25 g	19 g	53 g	498/2089

Beschwipster Pflaumen-Biskuitauflauf

Zutaten
1 Paket Löffelbiskuits (125 g)
20 g Fett
80 ml Pflaumenaperitif
500 g reife Pflaumen
2 EL Zucker
60 ml Weißwein
2 Eier
2 EL Mehl
je 1 TL Zimt und Zucker

Zubereitung

1 Löffelbiskuits in eine gefettete Auflaufform legen und mit 20 ml Pflaumenaperitif beträufeln.

2 Pflaumen waschen, halbieren, Kerne herauslösen. Pflaumen mit Zucker, Weißwein und dem restlichen Pflaumenaperitif ca. 10 Minuten dünsten. Auf einem Sieb abtropfen lassen und auf die Biskuits verteilen.

3 Eier trennen. Eigelb mit Mehl verrühren. Eiweiß steif schlagen und unter die Eigelbmasse heben.

4 Diese auf die Pflaumenmasse streichen und Auflauf im vorgeheizten Backofen bei 175 Grad ca. 40 Minuten überbacken.

5 Vor dem Servieren mit Zimt und Zucker bestreuen.

EW	F	KH	kcal/kJ
16 g	10 g	76 g	480/2005

TIPP

Pflaumen haben von Mitte Juli bis September Saison, etwas früher als ihre Verwandten, die Zwetschgen. Pflaumen enthalten Provitamin A und die Vitamine B1, B2 und C. Hervorzuheben ist außerdem ihre Darmtätigkeit fördernde Wirkung.

Zutaten
250 g Rundkornreis
3/4 l Milch
Schale von 1/2 Zitrone (unbehandelt)
Salz
500 g Zwetschgen
3 Eier
75 g Zucker
1 EL Zitronensaft
1 EL Butter

Zwetschgen-Milchreis-Auflauf

Zubereitung

1 Reis waschen, abtropfen lassen. Milch mit Zitronenschale (1 TL Zitronenschale zurückbehalten) und Salz aufsetzen. Reis einrühren und zum Kochen bringen. 20–25 Minuten bei kleinster Hitze garen, dabei mehrmals umrühren. Zitronenschale entfernen.

2 Zwetschgen waschen, halbieren und entsteinen.

3 Eier trennen. Eigelb mit 2 EL Zucker schaumig schlagen, restliche Zitronenschale hinzufügen und Milchreis locker unterheben. Eiweiß mit Zitronensaft und restlichem Zucker steif schlagen und gut die Hälfte unter den Reisbrei mischen.

4 Reismasse und Zwetschgen abwechselnd in eine gefettete Form einfüllen und restlichen Eischnee obenauf geben; glatt streichen und im vorgeheizten Ofen bei 180 Grad 15–20 Minuten backen. Heiß servieren!

EW	F	KH	kcal/kJ
12 g	11 g	63 g	3981665

Auflauf mit Pflaumen

Zubereitung

1 Backpflaumen mit 1/4 l Wasser, 100 g Zucker, geriebener Zitronenschale, Zimtstange und Salz zum Kochen bringen. Ca. 10 Minuten köcheln lassen, dann abtropfen lassen und Zimtstange entfernen.

2 Eine rechteckige Auflaufform mit 25 g Butter einfetten und mit der Hälfte der Toastbrotscheiben auslegen. Darauf entsteinte Pflaumen verteilen und mit den restlichen Toastbrotscheiben bedecken.

3 Kochflüssigkeit der Pflaumen darüber träufeln. Eier, Milch, Sahne, 50 g Zucker und Vanillinzucker verquirlen und so über den Auflauf gießen, dass die oberen Toastscheiben gut getränkt sind. Die restliche Butter als Flöckchen darauf verteilen.

4 Im vorgeheizten Ofen bei 200 Grad auf der unteren Schiene ca. 45 Minuten backen, bis die Oberfläche goldbraun gebacken ist.

EW	F	KH	kcal/kJ
18 g	29 g	133 g	871/3660

Zutaten

400 g Backpflaumen
150 g Zucker
Schale von 1 Zitrone (unbehandelt)
1 Zimtstange
1 Prise Salz
75 g Butter
250 g Toastbrotscheiben (ca. 10 Scheiben à 25 g)
4 EL Pflaumenkochflüssigkeit
4 Eier
1/2 l Milch
200 g Sahne
1 Päckchen Vanillinzucker

Zutaten
50 g Butter
100 g Zucker
3 Eier, getrennt
1 Päckchen Vanillinzucker
Saft und Schale von 1 Zitrone (unbehandelt)
75 g Speisestärke
500 g Speisequark (Magerstufe)
Fett für die Form
1 Dose Aprikosen (460 g)
40 g Mandeln, gehäutet, gehackt
1–2 EL Butter

Quark-Aprikosen-Auflauf

Zubereitung

1 Weiche Butter mit Zucker, Eigelb, Vanillinzucker, Zitronensaft und -schale, Speisestärke und Quark verrühren. Eiweiß steif schlagen und unterziehen.

2 Die Hälfte der Masse in eine gefettete Auflaufform füllen, mit abgetropften Aprikosen belegen und mit restlicher Quarkmasse abschließen. Mandeln und Butterflocken darüber streuen.

3 Auflauf im vorgeheizten Ofen bei 200 Grad ca. 50 Minuten backen.

EW	F	KH	kcal/kJ
26 g	24 g	77 g	625/2650

Zutaten
80–100 g Rundkornreis (Milchreis)
1/2 l Milch
1 Prise Zimtpulver
Schale von 1/2 Zitrone (unbehandelt)
40 g Butter
3–4 Eier, getrennt
50 g Zucker
Fett für die Form

Reisauflauf mit Zimt

Zubereitung

1 Reis kurz überbrühen und dann mit Milch, Zimtpulver und Zitronenschale in einem Topf zu dickem Mus verkochen.

2 Butter schaumig rühren, nach und nach Eigelb und Zucker dazugeben, schaumig schlagen.

3 Abgekühlten Reis löffelweise untermengen. Eiweiß steif schlagen und unter die Milchreismasse heben.

4 Teig in eine gefettete Form füllen, bei 180 Grad im vorgeheizten Backofen ca. 45 Minuten backen.

EW	F	KH	kcal/kJ
8 g	17 g	38 g	343/1435

Süßer Apfelauflauf

Zubereitung

1 Maismehl mit 1 Prise Salz, 3 EL Zucker und Milch vermischen.

2 Eigelb dazugeben und zu einem glatten Teig verrühren. 1 EL geschmolzene Butter zufügen. Teig ca. 20 Minuten quellen lassen.

3 Äpfel schälen, halbieren, entkernen und in dünne Scheiben schneiden.

4 Eiweiß mit 1 Prise Salz und Zitronensaft steif schlagen und unter den Teig heben. Teig in eine gefettete Form füllen und flach streichen. Auf der untersten Schiene im vorgeheizten Backofen bei 220 Grad ca. 5 Minuten stocken lassen.

5 Form herausnehmen und die Apfelspalten darauf verteilen. 1 EL flüssige Butter darüber träufeln und mit 2 EL Zucker bestreuen.

6 20 Minuten hellbraun überbacken. Nach Belieben mit Puderzucker bestäuben.

EW	F	KH	kcal/kJ
11 g	14 g	53 g	392/1643

Zutaten

100 g Maismehl
(ersatzweise Weizenmehl)
Salz
5 EL Zucker
ca. 100 ml Milch
4 Eier,
getrennt
2 EL Butter
3 große aromatische Äpfel
(z. B. Golden Delicious)
1 TL Zitronensaft
Butter für die Form
1 EL Puderzucker

TIPP

Der Apfel enthält die Vitamine A, B1, B2, E und vor allem Vitamin C. Die zahlreichen Apfelsorten weisen recht unterschiedliche Gehalte an Vitamin C auf. Der Golden Delicious liegt mit 10–20 mg/100 g im Mittelfeld.

Rüdesheimer Apfelauflauf

Zutaten
1 1/4 l Milch
1 Prise Salz
50 g Butter
120 g Zucker
1 Päckchen Vanillinzucker
125 g Grieß
50 g Sultaninen
1 kg Äpfel
200 ml Weißwein
Saft von 1 Zitrone
4 Eier, getrennt
4 EL Sahne
Fett für die Form
3 EL Zimtzucker
1 Päckchen Vanillesauce

Zubereitung

1 Milch in einen Topf gießen, aufkochen, Salz, Butter, die Hälfte vom Zucker, Vanillinzucker und Grieß unter stetem Rühren hinzufügen.

2 Bei kleiner Hitze ca. 10 Minuten aufquellen und danach abkühlen lassen.

3 Sultaninen in eine Schüssel mit Wasser geben und quellen lassen.

4 Äpfel schälen und Kerngehäuse entfernen. Äpfel in feine Scheiben schneiden. Weißwein, Zitronensaft und den restlichen Zucker darüber geben. Die aufgequollenen Sultaninen zu den Äpfeln geben.

5 Aus Eiweiß Eischnee schlagen. Zusammen mit Sahne und Eigelb unter den Grießbrei rühren. Mit den vorbereiteten Äpfeln vermischt in eine gebutterte, feuerfeste Form füllen.

6 Bei 180 Grad ca. 40 Minuten im Ofen backen. Zum Schluss mit Zimtzucker bestreuen und mit Vanillesauce servieren.

EW	F	KH	kcal/kJ
22 g	32 g	112 g	868/3649

TIPP
Dieser leckere Auflauf schmeckt als Dessert mit einem Espresso, aber auch als Hauptgericht. Reichen Sie als Vorspeise Möhrencremesuppe.

Zutaten
1/2 l Rotwein
50 g Farinzucker
2 Nelken
1/2 Zimtstange
750 g Kirschen, entsteint
2 cl Kirschwasser
40 g Butter
80 g Zucker
3 Eier, getrennt
75 g Mehl
80 g Butterkäse, fein gerieben
Butter für die Form

Kirschauflauf mit feinem Butterkäse

Zubereitung

1 Rotwein in einem Topf erwärmen, Farinzucker, Nelken, Zimtstange und Kirschen zugeben. Ca. 3 Minuten kochen, danach abseihen, mit Kirschwasser marinieren und kühl stellen.

2 Butter bei geringer Hitze in einem Pfännchen flüssig werden lassen. Zucker mit Eigelb verrühren und im heißen Wasserbad zur dicken Creme aufschlagen. Mehl auf die Creme sieben und die flüssige Butter dazugießen.

3 Eiweiß zu steifem Schnee schlagen. 1/3 des Eischnees vorsichtig unter die Eiercreme rühren, den Rest des Eischnees mit dem fein geriebenen Butterkäse vorsichtig unterheben.

4 Teig sofort in eine mit Butter gefettete Auflaufform füllen. Kirschen aus der Marinade nehmen und in die Auflaufmasse einsinken lassen.

5 Form in den vorgeheizten Ofen stellen und bei 180 Grad ca. 35 Minuten backen, bis die Oberfläche leicht gebräunt ist.

EW	F	KH	kcal/kJ
15 g	23 g	86 g	688/2883

Maracujagratin mit Baiserhaube

Zutaten
4 Feigen
2 cl Cassis-Likör
1 Packung Vanille-Puddingpulver
1/2 l Maracujasaft
120 g Zucker
2 Eier
150 g Crème fraîche

Zubereitung

1 Feigen waschen, in Spalten schneiden und mit Cassis marinieren.

2 Puddingpulver mit 4 EL Saft und 40 g Zucker anrühren. Restlichen Saft aufkochen, Puddingmischung einrühren, aufkochen und etwas abkühlen lassen.

3 Eier trennen. Eigelb und Crème fraîche unter die Puddingmasse rühren.

4 Eiweiß mit restlichem Zucker steif schlagen.

5 Pudding auf 4 kleine Auflaufformen verteilen.

6 Mit Feigenspalten belegen, Baisermasse als Haube darauf geben und im vorgeheizten Backofen bei 180 Grad hellbraun überbacken.

EW	F	KH	kcal/kJ
3 g	17 g	54 g	387/1623

Schokoladenauflauf

Zutaten
100 g Zartbitter-schokolade
1/4 l Milch
5 Eier, getrennt
100 g Zucker
1 Päckchen Vanillin-zucker
Salz
Schale von 1/2 Orange oder 1 Mandarine (unbehandelt)
40 g Mehl
40 g Butter
40 ml Rum (54 Vol. %)
Butter und Zucker für die Form
1 EL Puderzucker zum Bestäuben
Vanillesauce oder frische Früchte

Zubereitung

1 Schokolade grob zerkleinern. Mit Milch in einen Topf geben und aufkochen.

2 Eigelb mit 70 g Zucker, Vanillinzucker, 1 Prise Salz, Orangen- oder Mandarinenschale in einem anderen Topf schaumig rühren. Mehl zuletzt untermischen. Heiße Schokoladenmilch zugießen, verrühren.

3 Unter ständigem Rühren aufkochen. Butter und Rum untermischen, kühl stellen.

4 Eine feuerfeste Form mit Butter einfetten, mit Zucker ausstreuen. Eiweiß mit 1 Prise Salz in einer Schüssel steif schlagen. Locker unter die noch gut warme Creme heben. Die Creme in die Form füllen.

5 In den vorgeheizten Ofen auf die mittlere Schiene stellen und 35 Minuten bei 180 Grad backen.

6 Nach 30 Minuten Backzeit mit Puderzucker bestäuben und fertig backen.

7 Der Auflauf sollte beim Herausnehmen in der Mitte noch leicht cremig sein.

8 Je nach Wunsch können Sie kalte Vanillesauce oder frische Früchte dazureichen.

EW	F	KH	kcal/kJ
14 g	29 g	51 g	564/2365

Süße und pikante Soufflees

Soufflee (Grundrezept) (Abb. S. 83)

Zutaten
4 EL Butter
3 EL Mehl
300 ml heiße Milch
1 Prise Muskatnuss
Salz
Pfeffer
4 Eier
2 EL Parmesan, gerieben
1 Eiweiß
Butter und Parmesan für die Form

Zubereitung

1 Butter in einem Topf schmelzen, Mehl zufügen und unter Rühren ca. 2 Minuten anschwitzen.

2 Topf vom Herd nehmen, heiße Milch einrühren. Kräftig schlagen, bis alle Zutaten vermischt sind, dann Gewürze dazugeben. Topf auf den Herd setzen und unter Rühren 1 Minute köcheln lassen. Topf erneut vom Herd nehmen und beiseite stellen.

3 Eier trennen. Eigelb nacheinander in die heiße Creme rühren. Geriebenen Käse untermengen. Eiweiß schlagen, bis ein Messerschnitt im Eischnee sichtbar bleibt. 2 EL Eischnee in die Souffleemasse rühren. Restliches Eiweiß vorsichtig mit einem Teigschaber unterheben. Nicht rühren, sonst zerfällt der Eischnee.

4 Eine große Souffleeform innen mit Butter ausfetten und mit Parmesan ausstreuen. Masse in die Form füllen und sofort in den vorgeheizten Backofen schieben und bei 225 Grad so lange backen, bis das Soufflee goldbraun ist. Noch 5 Minuten backen, wenn es auch von innen fest werden soll.

EW	F	KH	kcal/kJ
12 g	28 g	9 g	335/1387

Spargelsoufflee

Zutaten
250 g Spargel
Salz
1 Prise Zucker
4 1/2 EL Butter
3 EL Mehl
300 ml heiße Milch
1 Prise Muskatnuss
Pfeffer
4 Eier
2 EL Parmesan, gerieben
1 Eiweiß
Butter und Parmesan für die Form

Zubereitung

1 Spargel waschen, schälen und in kochendem Salzwasser mit Zucker und 1/2 EL Butter gar kochen. Gekochten Spargel in einem Mixer pürieren und beiseite stellen.

2 Grundrezept Soufflee nach Anleitung bis einschließlich Schritt 2 zubereiten. Eier trennen. Eigelb und pürierten Spargel in die heiße Souffleecreme rühren. Geriebenen Käse ebenfalls unter die Masse mengen.

3 Eiweiß mit einem Handrührgerät steif schlagen und nach und nach vorsichtig unter die Souffleemasse heben.

4 Spargelsoufflee in eine große gefettete, mit Parmesan ausgestreute Souffleeform füllen und im vorgeheizten Backofen bei 225 Grad goldbraun backen.

EW	F	KH	kcal/kJ
13 g	28 g	12 g	353/1465

Kartoffel-Kräuterbutter-Soufflee

Zubereitung

1 Schalotten schälen und fein hacken. Kräuterbutter in einer Pfanne schmelzen lassen und Schalotten darin glasig dünsten, vom Herd nehmen.

2 Backofen auf 200 Grad vorheizen. Die noch heißen Kartoffeln schälen, ausdampfen lassen und durch eine Kartoffelpresse in eine Schüssel drücken.

3 Schalotten mit Sahnequark, Parmesan und Rucola unter die Kartoffelmasse mischen.

4 Eier trennen. Eigelb unterrühren und die Masse mit Salz, Pfeffer und Muskat kräftig würzen. Eiweiß zu steifem Schnee schlagen und unterheben.

5 Eine große Souffleeform einfetten, die Kartoffelmasse hineinfüllen und bei 200 Grad im vorgeheizten Backofen auf mittlerer Schiene 45 Minuten backen. Sie können die Souffleemasse auch in Portionsförmchen füllen.

EW	F	KH	kcal/kJ
20 g	39 g	40 g	591/2475

Zutaten
3 Schalotten
60 g Kräuterbutter
1 kg Kartoffeln, fertig gegart
250 g Sahnequark
50 g Parmesan, gerieben
2 Bd. Rucola
3 Eier
Salz
Pfeffer
Muskat
30 g Kräuterbutter für die Form

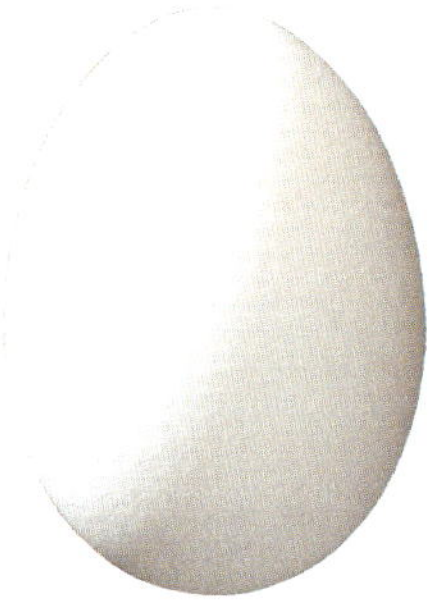

TIPP

Als Beilage würde ein Salat aus Kirschtomaten und Mozzarella sehr gut schmecken.

Camembertsoufflee auf Rote-Bete-Carpaccio

Zutaten
750 g Rote Bete
2 EL Weißwein
3 EL Weißweinessig
Salz
Pfeffer
Koriander
8 Zweige Kerbel
40 g Butter
40 g Mehl
1/4 l Milch
Muskatnuss
120 g Camembert
4 Eier, getrennt
Butter für die Förmchen
4 EL Paniermehl

TIPP
Die Rote Bete wird bei uns das ganze Jahr über angeboten. Sie ist reich an Eisen, Kalium und Magnesium.

Zubereitung

1 Rote Bete in Alufolie fest verschließen. Im Ofen bei 200 Grad ca. 1 1/2 Stunden garen; auskühlen lassen, schälen und in dünne Scheiben schneiden.

2 Aus Weißwein, Essig, Salz, Pfeffer und gestoßenem Koriander eine Marinade mischen. Über die Rote Bete gießen und mit Kerbelblättchen auf Tellern anrichten.

3 Butter zerlassen und Mehl darin anschwitzen. Milch dazugießen, glatt rühren und aufkochen. Mit Salz, Pfeffer und Muskatnuss würzen.

4 Camembert zerkleinern, hinzufügen und unter Rühren schmelzen lassen. Eigelb langsam unterrühren. Eiweiß steif schlagen und unterziehen.

5 4 Souffleeförmchen mit Butter ausstreichen und mit Paniermehl ausstreuen.

6 Förmchen zu 2/3 mit Käsecreme füllen und im vorgeheizten Ofen bei 225 Grad ca. 15 Minuten backen.

7 Camembertsoufflee sofort, von dem Rote-Bete-Carpaccio umrahmt, servieren.

EW	F	KH	kcal/kJ
19 g	22 g	31 g	426/1786

Spinatsoufflee

Zutaten
1 kleine Zwiebel
1 Knoblauchzehe
15 g Margarine
400 g frischer Blattspinat
Salz
Muskat
3 Eier, getrennt
2 EL fettarme Milch
1 EL Parmesan, gerieben
1 TL Zitronensaft
Fett für die Form

Zubereitung

1 Zwiebel und Knoblauch enthäuten und fein hacken.

2 Margarine in einer feuerfesten Kasserolle zerlassen, Knoblauch zufügen und goldbraun dünsten. Knoblauch herausnehmen, Zwiebel zugeben und weich dünsten. Spinat waschen, trockentupfen, fein hacken und zufügen. Mit Salz und Muskat abschmecken und weitere 3 Minuten dünsten.

3 Eigelb mit Milch verschlagen und zusammen mit Käse in die Spinatmischung rühren. Eiweiß mit Zitronensaft steif schlagen und vorsichtig unter die Spinatmischung heben.

4 Diese in eine große gefettete Souffleeform füllen und im vorgeheizten Backofen bei 200 Grad ca. 30 Minuten backen, bis das Soufflee aufgegangen ist und eine goldgelbe Färbung angenommen hat.

EW	F	KH	kcal/kJ
9 g	9 g	2 g	128/531

Zucchinisoufflee

Zutaten
1 kg Zucchini
1 große Zwiebel
2 EL Olivenöl
1/2 TL Salbei, getrocknet
1/2 TL Rosmarinnadeln, getrocknet
1 TL Basilikum
Pfeffer, frisch gemahlen
1 EL Zitronensaft
2 TL Gemüsebrühe (Instant)
200 g Mozzarella
2 EL Weizenvollkornmehl
3 Eier

Zubereitung

1 Zucchini waschen und klein schneiden. Zwiebel schälen, hacken und mit Zucchini in 1 EL Öl anbraten.

2 Gemüse mit Salbei, Rosmarin, Basilikum und Pfeffer würzen und in ca. 20 Minuten zugedeckt bei schwacher Hitze weich schmoren.

3 Zucchini im Mixer pürieren, Zitronensaft und Brühe unterrühren. Püree abkühlen lassen.

4 Käse mit einer Gabel zerdrücken und mit Mehl unter das Zucchinipüree rühren.

5 Eier in Eigelb und Eiweiß trennen. Eigelb unter das Zucchinipüree rühren, Eiweiß steif schlagen und behutsam unterziehen.

6 Eine hohe feuerfeste Form mit restlichem Öl ausstreichen. Souffleemasse einfüllen und im vorgeheizten Backofen bei 200 Grad auf der mittleren Schiene ca. 30 Minuten goldbraun backen.

EW	F	KH	kcal/kJ
24 g	25 g	11 g	365/1518

Fischsoufflee

Zutaten
150 g Gemüse (z. B. Möhren, Stangensellerie, Zwiebel, Lauch)
Butter zum Dünsten
300 g Forellenfilet
200 ml trockener Weißwein
200 g geräuchertes Forellenfilet
Salz
Pfeffer
Dill
30 g Mehl
30 g Butter
200 ml Milch
4 Eigelb
5 Eiweiß
1 Prise Backpulver
Butter und Paniermehl für die Form

Zubereitung

1 Gemüse fein würfeln. In Butter andünsten. Fischfilets darauf legen und Wein angießen. Zugedeckt 10–12 Minuten bei kleiner Hitze ziehen lassen. Herausnehmen, Fischfleisch von Gräten befreien und klein hacken.

2 Geräucherte Forellenfilets fein zerzupfen. Mit dem Fischfleisch mischen, würzen. Den Sud absieben und beiseite stellen.

3 Mehl und Butter zusammen verkneten. Mit Milch und Fischsud unter Rühren aufkochen. 10 Minuten bei kleiner Hitze sämig einkochen, würzen und abkühlen lassen.

4 Eigelb und Fisch unter die Sauce mischen. Eiweiß mit 1 Prise Salz und Backpulver steif schlagen. Unter die Fischmasse mischen. Diese in eine gefettete, mit Paniermehl ausgestreute Form geben, in den unteren Teil des vorgeheizten Ofens schieben und bei 180 Grad 40–50 Minuten backen.

EW	F	KH	kcal/kJ
42 g	32 g	10 g	531/2215

Rustikales Soufflee mit Laugenbrezeln

Zutaten
5 Laugenbrezeln
125 g magerer Bauchspeck
3 Schalotten, fein gewürfelt
30 g Butter
400 ml Milch
3 Eigelb
2 EL Petersilie, fein gehackt
75 g Emmentaler, fein gerieben
1 Msp. Muskatnuss
Salz
Pfeffer
4 Eiweiß
Fett für die Förmchen
1 kleiner Kopf Endiviensalat
3 EL Öl
2 EL Essig

Zubereitung

1 Laugenbrezeln in dünne Scheiben schneiden. 75 g Bauchspeck würfeln. Schalotten mit Butter und Bauchspeck in einer Pfanne glasig braten. Milch dazugießen und aufkochen.

2 Sauce zu den Brezelscheiben geben und zugedeckt ca. 10 Minuten einweichen lassen. Eigelb, Petersilie, Käse und Gewürze untermischen. Eiweiß mit wenig Salz steif schlagen und locker unter die Masse heben.

3 4 gefettete Souffleeförmchen zu 2/3 mit der Creme füllen. Im vorgeheizten Ofen bei 180 Grad ca. 35 Minuten garen.

4 Endiviensalat in Streifen schneiden. Bauchspeck in der Pfanne knusprig braten. Aus Öl, Essig, Salz und Pfeffer eine Vinaigrette rühren und zum Speck in die Pfanne gießen. Damit Salat anmachen und mit den Soufflees anrichten.

EW	F	KH	kcal/kJ
36 g	43 g	102 g	936/3922

Zutaten
3 Eier
1 TL Salz
weißer Pfeffer
250 g magerer Frischkäse
1 EL Schnittlauchröllchen
75 g Mehl
Margarine für die Förmchen

Frischkäsesoufflee

Zubereitung

1 Eier trennen. Eigelb mit Salz und Pfeffer schaumig schlagen. Frischkäse hinzufügen und mit Schnittlauchröllchen und gesiebtem Mehl gleichmäßig unterrühren.

2 Eiweiß steif schlagen und unterheben.

3 4 Auflaufförmchen einfetten, Souffleemasse hineingeben und im vorgeheizten Backofen bei 200 Grad ca. 25 Minuten goldbraun backen.

4 Soufflees aus den Förmchen lösen und sofort servieren.

5 Dazu schmeckt eine kräftige Tomatensauce oder eine herbe Fruchtsauce.

EW	F	KH	kcal/kJ
16 g	10 g	76 g	480/2005

TIPP

Das Soufflee lässt sich auch gut in der Mikrowelle zubereiten. Locker zugedeckt bei 700 W ca. 4–5 Minuten garen.

Möhren-Tunfisch-Soufflee

Zutaten
250 g Möhren
1 EL Butter
1 Dose Tunfisch im eigenen Saft
2 Eier, getrennt
30 g Mehl
Salz
Muskat
Saft und Schale von 1/2 Zitrone (unbehandelt)
Butter für die Form

Zubereitung

1 Möhren schälen, grob raffeln. In Butter dünsten, mit Wasser ablöschen und zugedeckt 10 Minuten garen, bis die Flüssigkeit eingekocht ist. Möhrensud pürieren und abkühlen lassen.

2 Tunfisch abtropfen lassen, grob zerpflücken, mit Eigelb unter die Möhren geben. Mehl, Salz, Muskat, Zitronensaft und Zitronenschale unterrühren.

3 Eiweiß steif schlagen und unter die Masse heben. Masse in 4 gefettete Souffleeförmchen geben und im vorgeheizten Backofen bei 180 Grad ca. 15 Minuten backen.

EW	F	KH	kcal/kJ
16 g	10 g	76 g	480/2005

Mandel-Bananen-Soufflee auf Schokoladenzabaione

Zutaten
3 Croissants
2 Bananen
80 g Mandelstifte
1/2 l Milch
1 Vanilleschote
50 g brauner Zucker
3 Eier
50 g Kokosflocken
1 Msp. Zimt
Fett für die Förmchen
30 g Zartbitter-kuvertüre
4 Eigelb
100 g Zucker
1/4 l trockener Weißwein
4 Kugeln Brombeereis

Zubereitung

1 Croissants in kleine Stücke schneiden. Bananen schälen und in ca. 1 cm breite Scheiben schneiden. Mandelstifte im Ofen bei 180 Grad vorsichtig bräunen.

2 Milch mit Vanillemark und Schote erhitzen. Braunen Zucker und Eier verrühren, warme Milch hinzugeben (Schote vorher herausnehmen). Kokosflocken, Croissantstückchen, Mandelstifte und Zimt unterheben. Zum Schluss Bananenscheiben dazugeben.

3 Souffleeförmchen (Durchmesser ca. 10 cm) einfetten. Masse hineingeben und im Wasserbad bei 200 Grad 25–30 Minuten backen.

4 Soufflee noch heiß stürzen, umdrehen und mit der knusprigen Seite nach oben abkühlen lassen.

5 Für die Schokoladenzabaione Kuvertüre in kleine Stücke zerteilen. Eigelb mit Zucker verrühren, Weißwein hinzugeben. Masse in einem Wasserbad so lange erhitzen, bis sie dickflüssig ist. Noch warm mit der Kuvertüre verrühren.

6 Saucenspiegel auf 4 Teller gießen, Sufflee darauf setzen und mit 1 Kugel Brombeereis garnieren.

EW	F	KH	kcal/kJ
21 g	28 g	127 g	910/3822

Mandel-Schokoladen-Soufflee

Zutaten
150 ml Milch
30 g Zartbitter-schokolade
70 g Vollmilchschokolade
30 g Butter
30 g Mehl
3 Eier, getrennt
40 g Mandeln, gestiftelt
40 g Zucker
1 Prise Salz
Butter und Zucker für die Förmchen

Zubereitung

1 Milch aufkochen und Schokolade darin auflösen. Zimmerwarme Butter mit Mehl gut verkneten und nach und nach in die kochende Schokomilch einrühren. 1 Minute weiterkochen, dabei ständig rühren.

2 Masse in eine Schüssel umfüllen und mit dem Handrührgerät Eigelb unterarbeiten. Das Ganze abkühlen lassen.

3 Mandeln in einer Pfanne ohne Fett hellbraun rösten, anschließend zur Schokoladenmasse geben.

4 Eiweiß mit Zucker und Salz zu einer cremigen Masse schlagen. Zuerst 1/3, dann den restlichen Teil unter die kalte Schokoladenmasse heben.

5 Souffleemasse in gefettete, gezuckerte Förmchen füllen und im vorgeheizten Ofen bei 170 Grad im Wasserbad ca. 35 Minuten backen.

EW	F	KH	kcal/kJ
13 g	25 g	64 g	566/2370

TIPP

Garnieren Sie die Soufflees mit einem Orangen-Birnen-Karamell. Dazu karamellisieren Sie 60 g Zucker, löschen ihn mit 1/8 l Weißwein und 100 ml Orangensaft ab und würzen ihn mit Vanillemark, Sternanis, Orangenschale und Kardamom. Karamell nochmals aufkochen, mit angerührter Speisestärke abbinden und über 2 gewürfelte Birnen und 2 filetierte Orangen gießen. Ca. 1 Stunde ziehen lassen.

Zutaten
1/8 l Milch
1 Prise Salz
20 g Zucker
50 g Hartweizengrieß
4 Eier
10 g Butter
80 g Butterkäse, fein gerieben
Butter und Zucker für die Förmchen
1 Glas Rotwein
Zitronensaft
1 Zimtstange
2 Nelken
2 EL Zucker
400 g Pflaumen

Butterkäse-Grieß-Soufflee mit Pflaumen

Zubereitung

1 Milch, Salz und Zucker langsam in einem Topf zum Kochen bringen. Grieß einstreuen, unter Rühren aufkochen lassen und vom Herd nehmen.

2 Eier trennen. Eigelb und Butter unter die Grießmasse rühren, abkühlen lassen. Eiweiß steif schlagen und mit Butterkäse vorsichtig unter die Grießmasse heben.

3 Masse in gefettete und gezuckerte feuerfeste Förmchen füllen und im Backofen bei 180 Grad im Wasserbad 20 Minuten garen.

4 Wein mit Zitronensaft, Zimtstange, Nelken und Zucker erhitzen, Pflaumen hinzufügen und darin erkalten lassen. Dann Pflaumen abseihen.

5 Grießsoufflee noch heiß mit beschwipsten Pflaumen servieren.

EW	F	KH	kcal/kJ
26 g	17 g	49 g	475/1988

Zutaten
3 große, vollreife Williamsbirnen
Saft und Schale von 1 Zitrone (unbehandelt)
30 ml Aprikosenlikör
3 1/2 EL Zucker
1/4 l Muskateller Spätlese
1 Eigelb
40 g Quark
40 g Tilsiter, fein gerieben
2 Eiweiß
Butter für die Form
250 g Brombeeren
40 g Puderzucker
30 ml schwarzer Johannisbeerlikör

Käse-Birnen-Soufflee auf Brombeersauce

Zubereitung

1 1 Birne schälen, entkernen und das Fruchtfleisch würfeln. Mit Saft von 1/2 Zitrone, einigen Streifen Zitronenschale, Aprikosenlikör und 1/2 EL Zucker bei kleiner Hitze dünsten, bis das Birnenmus weich und alle Flüssigkeit verdampft ist. Restliche Birnen schälen und halbieren. Mit dem Kugelausstecher das Kernhaus ausstechen. Birnen mit restlichem Zitronensaft übergießen und in der Muskateller Spätlese bissfest dünsten.

2 Eigelb und 1 EL Zucker mit dem Schneebesen schaumig rühren. Quark, Tilsiter und Birnenmus hinzufügen.

3 Eiweiß steif schlagen, dabei 2 EL Zucker langsam einrieseln lassen. Behutsam unter die Käsefruchtcreme heben.

4 Birnen in eine flache, gefettete Gratinform setzen, mit Käsefruchtcreme füllen und 20–30 Minuten im vorgeheizten Ofen bei 200 Grad goldgelb backen.

5 Brombeeren mit Puderzucker im Mixer pürieren. Durch ein feines Sieb streichen und mit Johannisbeerlikör abschmecken. Birnensoufflee auf der Brombeersauce anrichten.

EW	F	KH	kcal/kJ
9 g	7 g	47 g	365/1527

Hirsesoufflee mit Quarksahne

Zutaten
150 g Hirse
1/2 TL Meersalz
2 Eier, getrennt
2 EL Honig
100 g Mandeln, gehackt
Butter für die Auflaufform
250 g Sahnequark
125 g Sahne
2 Vanilleschoten
500 g Erdbeeren
4 EL Ahornsirup

Zubereitung

1 Hirse heiß waschen und in 1/2 l Wasser mit Salz zugedeckt bei mittlerer Hitze 25 Minuten ausquellen und abkühlen lassen.

2 Eigelb und Honig unter die Hirse rühren. Mandeln in einer Pfanne anrösten und zugeben. Eiweiß sehr steif schlagen und 1/3 davon mit einem Schneebesen unter die Masse rühren. Restlichen Eischnee mit einem Spatel unterheben.

3 Eine flache, ofenfeste Form mit Butter einfetten, Masse einfüllen und im vorgeheizten Backofen bei 200 Grad ca. 30 Minuten backen.

4 Quark mit Sahne und dem ausgekratzten Vanillemark mischen.

5 Erdbeeren waschen, putzen, vierteln und in Ahornsirup wenden. Mit Quarksauce zum heißen Soufflee servieren.

EW	F	KH	kcal/kJ
19 g	51 g	44 g	719/2989

Mohnsoufflee

Zutaten
140 g Mohn
1/4 l Milch
20 g Butter, flüssig
70 g Honig
3 Eiweiß
4 Eigelb
Butter und Zucker für die Förmchen
500 g Erdbeeren
1 EL Honig
Saft von 1 Zitrone

TIPP
An Stelle der Erdbeeren können Sie auch Himbeeren oder Kirschen verwenden.

Zubereitung

1 Mohn fein mahlen, mit Milch aufkochen, ausquellen und auskühlen lassen. Butter unterrühren.

2 Honig und Eigelb schaumig schlagen und mit der Mohnmasse verrühren. Eiweiß steif schlagen und vorsichtig unter die Mohn-Eimasse heben.

3 4–6 Souffleeförmchen (125 ml Inhalt) mit Butter ausstreichen und mit Zucker ausstreuen. Fettpfanne unten in den vorgeheizten Backofen schieben und knapp 2 cm hoch mit heißem Wasser füllen. Masse in die Förmchen füllen und im Wasserbad bei 200 Grad ca. 30 Minuten backen.

4 Erdbeeren putzen, waschen, klein schneiden, mit Honig und Zitronensaft im Mixer pürieren. Einige Erdbeeren zum Garnieren zurückbehalten.

5 Erdbeermark auf Teller verteilen, Mohnsoufflees darauf stürzen und mit Erdbeeren garnieren.

EW	F	KH	kcal/kJ
19 g	32 g	25 g	468/1950

Register

REGISTER

Bild- und Textquellen

Titelbild: StockFood
Inhalt: Adam, Bonduelle, Californische Mandeln, CMA, CMA Deutsche Butter, CMA Deutscher Käse, Ebly, Di Gennaro, Fuchs Gewürze, Galbani, Ketchum GmbH, Kikkoman, Knorr, Landliebe, Langguth, Maggi Kochstudio, Maizena, Meggle, Milkana, Molkerei Alois Müller, Ostmann Gewürze, Sanella, Steinbach PR, The Food Professionals Köhnen GmbH, Uncle Ben's, Unilever Bestfoods Deutschland GmbH, Wirths PR, Woldemar, Zottarella